I0562792

ŒUVRES COMPLÈTES

DE A. BARGINET,

DE GRENOBLE.

LES
DEUX SEIGNEURS

DU

VILLAGE.

HISTOIRE DE CE TEMPS.

TOME PREMIER.

PARIS,

MAME ET DELAUNAY-VALLÉE, LIBRAIRES,

RUE GUÉNÉGAUD, N. 25.

1828.

DE L'IMPRIMERIE DE LACHEVARDIERE.

LES DEUX

SEIGNEURS

DU VILLAGE.

264

16279

y²

DE L'IMPRIMERIE DE LACHEVARDIERE,

RUE DU COLOMBIER, N° 30, A PARIS.

LES DEUX
SEIGNEURS
DU VILLAGE,

Histoire de ce temps,

PAR A. BARGINET
(DE GRENOBLE).

> La peste soit de l'opinion populaire! un
> homme peut la porter des deux sens, à
> l'endroit et à l'envers, comme un pourpoint
> de peau.
>
> SHAKSPEARE.

TOME PREMIER.

PARIS,
MAME ET DELAUNAY-VALLÉE, LIBRAIRES,
RUE GUÉNÉGAUD, N° 25.

M DCCC XXIX.

ÉPITRE AUX ÉDITEURS,

POUR SERVIR D'INTRODUCTION.

—

MESSIEURS ET CHERS AMIS,

L'utilité ou l'inutilité des préfaces sera long-temps une question controversée entre les auteurs et le public. Je ne prends point parti dans une discussion d'aussi haute importance, quoique je ne manque pas de raisons pour croire qu'une préface est à un roman ce que l'ouverture est à un opéra. Le principal sentiment qui me dirige dans ce moment où j'ai l'honneur de vous écrire a quelque chose de tellement personnel, que le lecteur est bien le maître, après tout, de tourner brusquement ces pages, si elles lui paraissent être un véritable hors-d'œuvre, pour arriver à celle où ces mots CHAPITRE PREMIER, sont imprimés en caractères saillants.

Et d'abord, comme je me suis figuré votre étonnement en lisant le titre de ce manuscrit, c'était un de voir pour moi d'entrer dans quelques explications qui, je l'espère, vous paraîtront satisfaisantes. Déjà les journaux, dans les colonnes complaisantes où la renommée se donne à un taux modéré, ont annoncé la prochaine publication des *Aynards et les Alemans*. La promesse que je vous avais faite à cet égard avait ainsi acquis le caractère d'un engagement public. En publiant tout-à-coup un ouvrage qui ne paraît avoir aucun lien de parenté avec ceux qui l'ont précédé, je me suis mis, il est vrai, dans un grand embarras;

mais si, d'un côté, votre obligeance habituelle ne se dément pas dans cette
circonstance ; et de l'autre, si le public s'en inquiète peu, comme cela
est présumable, il n'y aura rien de
perdu. Je serais bien à plaindre, en
effet, si les promesses d'un romancier
étaient regardées comme plus solen-
nelles que ces engagements politiques
dont nous avons eu tant d'exemples,
et qui sont rompus avec plus de complaisance qu'on n'en mit à les contrac-
ter. Remarquez encore, Messieurs et
chers amis, que si vous aviez l'intention d'imiter plusieurs de vos estimables confrères, le retard que j'apporte
à la publication des *Aynards et les
Alemans* servirait considérablement
vos intérêts et mon amour-propre
d'auteur. Ne pourrait-on pas, au
moyen de quelques amis et de quel-

ques dîners aux *Frères provençaux*, donner à ce retard une certaine importance? Qui empêcherait d'en parler d'abord à l'oreille, pour que la réputation de l'ouvrage inédit éclatât enfin dans les journaux comme un *crescendo* de M. Rossini? Mais j'oubliais qu'il n'y a point d'égalité dans la république des lettres, et que, comme dans les États constitués sur des bases plus solides, c'était à la médiocrité qu'il appartenait d'y réussir par l'intrigue. Sans me permettre aucune autre réflexion épisodique, j'aborde la justification ou l'explication de ma conduite.

Je reçus, il y a peu de temps, de l'un de mes anciens amis littéraires, le billet suivant : « Mon cher maître, (expression insignifiante comme vous e savez, et qui ne peut être considé-

rée que comme le *très humble servi-
teur* qu'on place au bas d'une lettre),
MM. .... que vous connaissez parfaitement depuis long-temps, et qui
professent une haute estime pour votre
talent (je copie textuellement, mais
je dois vous faire observer que mon
correspondant, employé au département des beaux-arts, est un homme
fort poli), ont résolu d'établir un
journal littéraire véritablement indépendant, et dont les jugements soient
dictés par la conscience et la saine
raison (mon correspondant a l'accent
gascon très prononcé). Mes amis et
moi nous avons pensé que vous vou-
driez bien vous associer à nous pour
une entreprise aussi généreuse... Ne
vous inquiétez point des embarras
qui pourraient nous être suscités en
vertu de la liberté de la presse, ils

seront levés par M...., sous la présidence duquel nous devons nous réunir, et qui déposera le cautionnement exigé par la loi. Je suis tout à vous de cœur, M. ....

» *P. S.* Il est bien entendu, mon cher ami, que nous dînerons chez le président, il a du vin de Bordeaux délicieux.»

Comment résister au vin de Bordeaux *délicieux*, à une joyeuse réunion, sans parler de la louable envie de devenir rédacteur d'un journal véritablement indépendant ? Au jour qui me fut indiqué, je ne manquai pas de me rendre chez notre président, qui, tout homme de lettres qu'il est, peut donner à dîner à ses amis, et qui sera *honorable* quand il aura quarante ans, car il dépasse de beaucoup le cens de l'éligibilité. Rassurez-vous cependant, Messieurs et chers amis, ce ne sont point les lettres qui ont valu cette fortune à notre Amphitryon; outre qu'il a beaucoup d'esprit, son digne père a été durant cinquante-sept ans épicier-droguiste, rue de la Verrerie.

En entrant dans le *sanctus sanctorum* consacré maintenant à la littérature et aux arts par la longue et prudente économie qui président au commerce du poivre et des noix muscades, je vis que nous étions jusqu'à sept hommes d'esprit d'un bon appétit e d'une bonne conscience. La manière vraiment impartiale avec laquelle notre Amphitryon distribua à ses convives les membres dorés d'un coq de bruyère, m'inspira les plus douces espérances sur le résultat de la séance littéraire qui devait suivre immédia-

tement le dîner. Il avait été convenu
que durant ce prélude gastronomique
il ne serait point question de l'affaire
importante pour laquelle nous avions
été convoqués. Cependant il est impossible que sept personnes qui pré-
tendent au sceptre du journalisme ne
fassent pas , au moins au second service, une excursion dans les domaines
de la critique. Dieu sait combien de
pauvres auteurs furent mis sur la sel-
lette et impitoyablement condamnés.
Je frémissais , car parmi mes honorables futurs collaborateurs il n'y en
avait aucun qui se fût élevé au-dessus
de la brochure de trente-deux pages ,
ou du tiers dans un vaudeville. Le
tour des journaux existants arriva, et
alors ce fut un déchaînement incon-
cevable d'invectives au milieu debeau-
coup d'observations justes, ce qui me

rappela ces paroles de Figaro : *Eh! vive la jalousie, elle ne vous marchande pas.*

Cependant cette discussion, plus fertile que la première, me prouva qu'il y avait entre mes honorables collaborateurs une division bien prononcée d'opinions littéraires. Trois classiques et trois romantiques !... Un seul d'entre nous, que je ne veux pas autrement désigner, avait des opinions mixtes, et pouvait faire pencher la balance du côté où il porterait sa voix, formant ainsi à lui seul cette bienheureuse fraction de notre parlement qu'on appelle le centre. L'Amphitryon, malgré les préjugés de sa naissance, qui auraient dû le porter à embrasser les opinions romantiques, était au contraire un classique déterminé, lecteur passionné du feuilleton des *Débats* quand il est signé C et à qui le nom terriblement poétique de M. Victor Hugo arrache un de ces soupirs profonds, signe évident du regret qu'on éprouve en voyant jusqu'à quel point le talent peut s'égarer. Le convive qui m'avait fait l'honneur de m'écrire était le chef de l'opposition romantique, et je remarquai que malgré leur enthousiasme pour les nuages, les vapeurs et les cascades, ses amis et lui avaient fait honneur aux réalités de cette triste vie, car leur appétit homérique m'aurait singulièrement trompé si je les avais jugés d'après les apparences.

Ce fut sous ces auspices défavorables que s'ouvrit la délibération relative à l'établissement du journal, quand les domestiques se furent retirés après avoir servi le café et l'élégant porte-liqueur garni de flacons de diverses dimensions.

— Messieurs, dit le président avec la gravité parlementaire, nous sommes réunis pour aviser aux moyens de publier un journal où seront fidèlement enregistrés les succès et les fautes littéraires. Il est convenu que le nom des auteurs ne sera jamais un titre ni à l'admission ni à l'exclusion de qui que ce soit qui ait jamais fait gémir la presse.

Après quelques *si*, quelques *oh!*... et quelques *mais*... cette résolution généreuse et favorable à tant de pauvres hommes à talents que l'aristocratie fiscale des journaux condamne à l'obscurité, fut adoptée à l'unanimité.

—Messieurs et chers collaborateurs, continua le président, il s'agit maintenant de prendre une décision non moins importante relativement aux doctrines qui seront professées dans notre journal, dont le titre sera le point que je soumettrai ensuite à vos délibérations. S'il m'est permis avant tout, Messieurs et chers collaborateurs, d'émettre mon opinion à cet égard, je dirai que j'ai l'espoir de vous voir adopter une couleur, et je me sers de ce mot parcequ'il est consacré ; de vous voir, dis-je, adopter une couleur qui maintienne l'unité parmi nous. Rien n'est plus insupportable que la lecture de ces feuilles prétendues littéraires où les jugements ressemblent à ceux du sénat de Venise, qui, dans la même séance, fit inscrire sur le livre d'Or un citoyen pour avoir commis une action en raison de laquelle il fit pendre, une heure après, un autre pauvre diable de Vénitien.

Ce ne fut pas précisément l'érudition de l'honorable président qui excita des murmures *en sens divers* ; mais il était à présumer que son opinion, assez bien motivée pour l'opinion d'un prési dent, allait trouver un evive opposition.

Remarquez bien, Messieurs, que le convive dont je vous ai parlé, et qui formait le centre de l'assemblée, fit cette observation *in petto*, comme le pape quand il nomme un cardinal sans avoir l'envie de lui faire connaître la faveur dont il est l'objet, et qu'il se garda bien de manifester son opinion par aucun signe extérieur d'approbation ou d'improbation. Il faut ajouter qu'une prise de tabac employée à propos lui fut d'un grand secours pour soutenir sa prudente impartialité. Pourquoi dans le compte rendu des

séances de la chambre des députés,
n'a-t-on jamais vu après ces mots: *Mur-*
mures à gauche, tel honorable membre ouvre sa tabatière ? J'espère
que c'est une innovation dont on
fera bientôt jouir notre heureux
pays.

—Messieurs, dit un membre qui
siégeait à la droite du président, je pense
que la proposition que notre ami et col-
laborateur nous fait l'honneur de nous
soumettre n'est qu'une proposition
pour la forme. Nous avons décidé que
nous ferions un journal raisonnable ;
ceci me semble trancher la question.
Il est impossible que nous ne soyons
pas tous de l'avis de défendre les sai-
nes doctrines littéraires qui nous ont
été léguées par tant de grands hommes.
(Ici l'orateur répéta ces derniers mots
avec une sorte d'emphase; mais il était

évident qu'il était à la recherche de quelque phrase sonore.) Oui, Messieurs, continua l'orateur, vengeons nos grands génies des injures d'une école barbare et nouvelle, et jetons quelques fleurs sur la tombe de Racine, de Corneille, de notre grand Molière et de La Fontaine.

Les voisins de l'orateur lui serrèrent la main, suivant l'usage adopté pour toutes les *félicitations empressées;* mais les membres qui siégeaient à gauche... je dois le dire, quoique je ne puisse y songer sans douleur, ils se mirent à rire à gorge déployée; et comme le rire est une maladie épidémique aussi bien que le bâillement, l'assemblée fut un moment dans un état d'hilarité complet, sans trop savoir pourquoi, encore suivant l'usage.

— Mon cher Monsieur, dit un des

plus intrépides rieurs, qui, ayant mangé et bu à lui seul autant que quatre convives, m'avait fait soupçonner qu'il était un de ces romantiques forcenés qui passent très bien leur temps entre une côtelette et une ballade; mon cher Monsieur, en vérité, depuis combien de temps dormiez-vous quand vous vous êtes éveillé pour venir à cette réunion ? Si nous ne faisons pas un journal enthousiaste des nouvelles doctrines, un journal qui ne reconnaisse d'autres grands hommes que Lord Byron, M. Hugo et M. Ladvocat, il vaut beaucoup mieux aller nous endormir sur les banquettes des *Français* que de songer à cette entreprise.

Cette opinion, émise avec la farouche indépendance des romantiques, excita un beau tapage, dont il

ne m'est guère possible de vous donner même une légère idée.

A droite : — Vous êtes des Visigoths,
des Ostrogoths , des Vandales et des
romantiques.

A gauche : — Vous êtes des niais,
des gobe - mouches , des perruques à
trois marteaux et des classiques.

A droite : — Vous outragez notre
belle langue , le bon sens et la raison
humaine.

A gauche : — Vous êtes des pé-
dants qui n'entendez rien aux effets
de style , à la couleur locale et à la
belle poésie.

Le centre sortit alors de son imperturbable gravité, et se mit à crier:
A l'ordre ! à l'ordre ! chose que le président eut bien de la peine à obtenir
en frappant sur le sucrier avec une
cuillère d'argent.

Une seule voix à gauche : — Il faudra, Messieurs, intituler votre journal *la Discipline*, avec une vignette représentant un Midas dessiné par Devéria et gravé par Thompson.

Une seule voix à droite : — Cela vaudrait encore mieux que de l'intituler : *le Brouillard*, avec une vignette représentant une tête de mort et une potence en sautoir, le tout dessiné et gravé par qui vous voudrez.

Le centre : —La paix, Messieurs, la paix ! que diable! après tout, des invectives ne sont pas des raisons ; ayez de l'esprit si vous croyez que cela vous soit facile, mais ne vous dites pas d'injures.

— La paix! la paix! cria-t-on de toutes parts : aux voix! aux voix!

Ces deux syllabes, prononcées à tue-tête, tirèrent le président d'un

profond assoupissement ; cependant il
sut sortir avec art du pas dangereux
dans lequel il avait été entraîné ; et,
ainsi que beaucoup d'autres présidents, il résuma fort bien la discussion, et mit aux voix la grande affaire,
comme il a depuis appelé la mémora-
ble décision qui fut prise dans cette
circonstance.

Il n'y avait pas moyen, pour le
coup, de conserver son opinion aussi
vierge que l'éloquence d'un honorable
député du Limousin ou de la Basse-
Bretagne, et quelqu'un que vous connaissez fut un moment fort embar-
rassé. Néanmoins, comme il fallait
passer le Rubicon, on trouva, toutes
les voix comptées, que les classiques
en avaient quatre et les romantiques
trois. L'individu que je n'ai pas voulu
vous nommer, et que j'ai appelé le

centre, ne tarda pas à éprouver qu'on
ne se sert pas sans danger de l'éperon
quand on n'a pas l'habitude du cheval.

—Eh bien! va pour le classique,
dit, en regardant avec malignité quelqu'un de votre connaissance, un des
plus fougueux membres de la gauche;
nous aurons du moins le plaisir de
faire la guerre aux romans histori-
ques. Walter Scott ne nous échappera
même pas ; car enfin l'honorable
baronnet fait bien par-ci par-là quelques petits anachronismes, comme,
par exemple, dans *Quentin Durward*,
où il appelle le cardinal de la Balue *son
éminence*, tandis qu'il est bien connu
que les cardinaux ne reçurent ce titre
qu'en 1630.

—Oui, dit un autre, je voudrais
bien voir un de ces romanciers histo-

riques traiter un sujet moderne, et faire un roman de mœurs.

— Prenez-y garde, Messieurs, répliqua vigoureusement un des membres, et puisse Dieu le bénir! les romans de mœurs, auxquels vous faites allusion, sont trop souvent des romans immoraux, écrits dans un style qui fait rougir les femmes de chambre. Quelle singulière étude que celle qui a pour objet les habitudes d'une classe dégradée et des passions qui mènent à la Grève. Non, Messieurs, ce n'est point là ce qui s'appelle peindre le cœur humain.

Je tremblais de tous mes membres, car vous savez, Messieurs et chers amis, que le *genus irritabile* exerce son influence sur moi tout aussi bien que sur le plus modeste des auteurs, mais j'avais déjà conçu la pensée

(tant est vif le véhicule de l'amour-
propre) d'abandonner un moment les
chevaliers et les barons féodaux, pour
m'occuper d'un tableau dont notre
génération moqueuse et partiale pût
juger le coloris et la disposition en
toute connaissance de cause.

—Messieurs, dis-je donc aux futurs
rédacteurs du journal consciencieux
et indépendant, sans approuver en
rien le jugement sévère de notre ami
sur les productions modernes que
vous appelez *romans de mœurs*, comme
si le principal but du romancier ne
devait pas toujours être de peindre les
mœurs à quelque époque que se passe
l'action qu'il veut peindre, je crois
qu'on peut se hasarder dans ce genre
sans prendre pour héros les habitués
des guinguettes de Paris. Une com-
position dont le sujet serait moderne

ne pourrait-elle présenter quelque intérêt, si, transportant la scène dans
un département éloigné, on mettait en
opposition des passions politiques et
des passions morales, si enfin l'on
essayait de peindre la société sur un
autre théâtre que Paris.

Un nous verrons! bien prononcé,
fut toute la réponse que je pus recueillir, après quoi l'assemblée se sépara,
sans fixer l'époque où le journal devait paraître.

Vous connaissez trop bien la classe
fière et susceptible des auteurs, Messieurs et chers amis, pour n'avoir pas
trouvé, dans la fidèle narration que
je viens de vous faire, l'excuse que
j'avais en vue d'obtenir en commen-
çant cette lettre. Ce n'est pas sans
éprouver diverses craintes pour son
succès que je vous adresse mon pre-

mier essai dans un genre où j'ai à lutter contre de si redoutables rivaux. Je compte cependant sur votre complaisance pour le soumettre au public, et bientôt, reprenant la lance et la cotte de mailles, je solliciterai de nouveau son intérêt en faveur des vieilles annales de mon pays.

Je suis bien parfaitement, Messieurs et chers amis, votre tout dévoué,

L'AUTEUR.

LES DEUX
SEIGNEURS
DU VILLAGE.

CHAPITRE I.

Le braconnier.

En 1825, et par une belle matinée du mois de mai, deux dames d'un âge différent, mais dont le costume annonçait également l'aisance et le rang distingué qu'elles occupaient dans la société, descendaient la côte escarpée qui est dominée par le château de Saint-Étienne de Crossey. La plus jeune guidait un cheval fougueux at-

telé à l'un de ces chars légers et brillants auxquels on a donné le nom de
tilburys. On sait que cette sorte de voiture est le partage exclusif des jeunes
gens à la mode, des agents de change,
de tous ceux enfin qui se ruinent avec
autant de promptitude qu'ils font fortune; il n'y a pas jusqu'à quelques
libraires de la capitale qui n'aient écla-
boussé, dans cet équipage éclatant,
de pauvres hommes d'esprit qui vont
ordinairement à pied. Probablement
les anciens propriétaires de la demeure
seigneuriale d'où ces dames parais-
saient sortir n'auraient jamais pu supposer que le chemin rude et difficile
de leur manoir paternel serait un jour
parcouru dans une machine roulante
aussi peu solide, et produit du luxe
d'une civilisation aussi avancée. C'est à
peine si, à l'époque de la construction
du château, des cavaliers couverts de
leurs armures pesantes et dorées se

seraient hasardés à gravir la route escarpée sans descendre de leurs montures.

Cependant la charmante conductrice du phaéton, malgré la délicatesse de ses formes, ne semblait nullement s'inquiéter des dangers que son imprudente légèreté pouvait occasioner. Elle continuait à faire siffler le long fouet dont elle était armée, sans s'embarrasser des avertissements réitérés et des cris d'effroi de la personne plus âgée qui l'accompagnait. Il faut avouer que le caractère enthousiaste dont la physionomie de la jeune dame annonçait qu'elle était douée pouvait être exalté par les charmes du paysage au milieu duquel bruissaient les roues de l'élégant tilbury.

Le soleil était levé seulement depuis deux heures, et un air frais et pur murmurait sur les collines et dans les arbres de la contrée verdoyante et

fleurie dont l'aspect agreste et soli-
taire formait un piquant contraste
avec la toilette et l'équipage de ces
deux dames.

Le château de Saint-Étienne de
Crossey, dont l'ensemble majestueux porte l'empreinte de plusieurs
époques même très reculées, offre
un mélange heureux des propor-
tions à la fois graves et hardies de
l'architecture du moyen âge et du
goût plus riant et plus régulier de l'art
moderne. Il occupe le sommet d'un
mamelon élevé, détaché sans doute
par quelque ancienne catastrophe géologique de la longue chaîne de montagnes calcaires qui peuplent la rive
droite de l'Isère. Du haut de ses ter-
rasses à demi crénelées, à demi couvertes de charmilles et de touffes em-
baumées de chèvrefeuille, on découvre
l'une des plus belles vues que puissent
fournir les sites variés du Dauphiné.

Crossey(1) se rencontre à l'entrée du riche vallon où l'industrieuse ville de Voiron, bâtie en amphithéâtre, montre ses toitures en ardoises et les murailles blanches de ses maisons neuves. L'admiration manque de termes pour retracer les beautés de ce paysage enchanteur, qui sert comme de portique à la vaste et féconde vallée de Graisivaudan. De tous côtés un rideau de hautes montagnes tombe sur l'horizon, et les yeux les plus attentifs ne peuvent saisir leurs formes bizarres. Leurs cônes majestueux, leurs

(1) Il ne sera pas, je crois, inutile de prévenir le lecteur que des raisons importantes ne m'ont pas permis d'indiquer sous son véritable nom le lieu où se passent les évènements de cet ouvrage. La plupart de mes personnages ne sont point des êtres chimériques; ils vivent, et se portent fort bien. La délicatesse imposée à un véritable homme de lettres me fait même un devoir de ne point insister à cet égard. Je me borne donc à déclarer que, malgré sa rigoureuse fidélité, la description de ce paysage ne peut s'appliquer à Saint-Étienne de Crossey.

anfractuosités multipliées renferment tant de merveilleux accidents, produisent tant d'illusions d'optique, qu'il serait difficile d'en décrire seulement l'aspect général. On doit donc se borner à donner une faible idée du pays où se passeront les principaux évènements de cette histoire.

Le beau mamelon sur lequel s'élève la façade flanquée d'anciennes tourelles du château de Saint-Étienne est entièrement couvert de bois touffus ; il est séparé des collines voisines par deux ravins qui déchirent le sol à une assez grande profondeur, et au fond desquels grondent les eaux écumeuses d'un torrent dont les sources sont cachées dans le sein des montagnes. L'épaisse forêt qui autrefois dérobait à la vue les murs crénelés du château, et peuplait une partie du territoire seigneurial de Crossey, a, depuis la révolution, subi une métamorphose

presque complète. Ses beaux et vieux
arbres sont tombés sous la hache des
nouveaux propriétaires, et le sol en a
été disposé de manière à former un
jardin à l'anglaise ou un parc. La dé
nomination moderne attachée à cette
dépendance du château s'applique
aussi à une grande étendue de terres
labourables que les possesseurs de ce
riche domaine, jaloux sans doute de
leurs droits de chasse, ont fait encein-
dre d'une haie de sureaux et d'épines
blanches.

C'est au revers de la colline et à
l'entrée d'une gorge étroite et boisée
qu'est situé le village dont le nom est
encore celui des anciens maîtres du
château. Son clocher gothique, demeure hospitalière, dans la belle saison, d'une nuée d'hirondelles, s'élève
parmi les arbres verts de la combe (1)

_____

(1) On appelle *combe*, en Dauphiné, un territoire

de Crossey, et, de ce côté, la vue, qui se perd au loin parmi de hautes montagnes, se repose en passant sur des vergers et des prairies qui attestent la fertilité de ce paysage enchanteur. Le bruissement sauvage des torrents, les coups retentissants des martinets que leurs ondes rapides font mouvoir, forment une sorte d'harmonie qui s'allie parfaitement au caractère et à l'aspect général de cette contrée romantique. Des villages populeux, des vallons bien cultivés se déroulent aux yeux du voyageur, et disparaissent à l'horizon sous l'épais et noir rideau des forêts de sapin. Au nord, les vertes collines des Terres Froi-

qui occupe le revers de deux montagnes, et dont il est assez difficile de donner une idée juste; on pourrait dire cependant qu'une combe est une anfractuosité géologique qui présente à la fois les formes d'une gorge et celles d'un vallon. On trouvera dans les *Montagnardes* la description assez exacte d'un accident de ce genre.

des étalent leur riche végétation, et du côté du midi s'étend la vallée de Graisivaudan, sillonnée par l'Isère, que, dans la langue du pays, nos ancêtres comparaient à un immense serpent (1).

Les deux dames qui descendaient rapidement la côte de Crossey n'étaient point indifférentes à la beauté de ce spectacle; la plus jeune surtout paraissait en juger avec l'imagination et la chaleur expansive d'un artiste. L'*album* qu'elle portait sur ses genoux, et dont la riche reliûre faisait honneur aux ateliers de Thouvenin, semblait annoncer que le but de la promenade matinale de ces dames était de croquer quelques unes des vues charmantes des environs. La conductrice

---

(1) Voici des vers en patois de Grenoble, extraits de la pastorale de Janin, par Jean Millet, qui consacrent cet axiome populaire :

...... Paï que l'Izera partageo,
Colan ainsi que fat la serpin, din lez ageo.

du tilbury paraissait à peine âgée de
vingt ans ; elle était d'une beauté remarquable, mais peut-être la recherche de sa parure nuisait-elle à l'effet
de ses charmes, qui auraient pu se
passer de l'art si souvent trompeur de
la modiste parisienne. Quelques an-
neaux de sa chevelure d'un blond
cendré s'échappaient de dessous la
coiffure élégante empruntée, par un
des mille caprices de la mode, aux pâ-
tres des Pyrénées, et qu'on nomme
un berret. Il était d'une étoffe coupée
en carreaux de diverses couleurs, et
semblable au tartan bariolé des mon-
tagnards écossais, mode dont, pour
le dire en passant, le beau sexe doit
l'idée au succès éclatant et mérité des
contes de l'enchanteur d'Abbotsford.
Sa taille svelte et aérienne, ainsi que
le diraient de jeunes élégants enta-
chés de romantisme, était comme à
demi voilée dans les larges plis d'un

canezou de la perkale la plus fine; un manteau de la même couleur et de la même étoffe que son berret, jeté négligemment sur ses épaules, était croisé sur son sein par deux belles agrafes d'or. Ses pieds, qu'elle affectait de placer sur le devant du tilbury, se dessinaient à merveille dans des brodequins légers en toile écrue. L'air d'abandon que cette jeune dame s'efforçait de prendre n'adoucissait point la fierté de ses regards, ni l'expression indéfinissable de hauteur et de dédain empreinte dans tous ses traits.

Sa compagne de promenade formait avec elle un contraste assez frappant par la douceur de sa physionomie et la simplicité de son costume. Elle était beaucoup plus âgée qu'elle; et, malgré son bonnet de tulle orné de larges rubans et le schall de cachemire qui la couvrait, on aurait dit qu'elle était attachée au service de la jeune dame, plutôt que de la croire supérieure à elle par les lois de la nature et du sang.

— Athénaïs, dit-elle avec émotion dans un moment où la conductrice du tilbury pressait à coups de fouet le cheval fringant; ma chère Athénaïs, vous êtes une imprudente! vous allez nous verser... Arrêtez! si quelqu'un se présentait tout-à-coup sur cette route qui forme tant de contours.... je frémis à l'idée de l'affreux malheur dont votre étourderie peut être la cause.

— Vous verrez, maman, répondit Athénaïs, que je serai obligée de régler mes désirs sur le bon plaisir des paysans de cette terre. En vérité, maman, vos scrupules me feraient rougir si nous n'étions pas seules.

— Je n'aime point à vous entendre parler ainsi, Athénaïs; vous méprisez beaucoup trop des gens estimables,

qui, si j'en crois les rapports qu'on
m'a faits, n'ont pas pour vous l'atta-
chement qu'il vous était si facile de
leur inspirer.

— Oh! quant à cela, maman, répondit la jeune fille avec un petit air
boudeur qui allait très bien à sa pi-
quante physionomie, on connaît tous
vos préjugés. C'est par pure complaisance, maman, je voulais dire par
respect pour vos volontés, que je suis
venue m'enterrer dans ces montagnes,
où, sans mes crayons et mon *album*,
je serais la plus malheureuse des femmes, et vous ne me condamnerez pas
encore à gagner l'affection de vos grossiers paysans.

— Mais, ma chère amie, reprit la
mère avec une expression pénible qui
se répandit sur tous ses traits, igno-
rez-vous donc qui nous sommes? Je
vous l'ai dit; les habitants de ces contrées ne sont pas de grossiers paysans,

comme il vous plaît de les appeler.
Votre père s'est mis dans la tête d'être
député de ce département, et je suis
certaine qu'il ne réussira pas; car,
malheureusement, il n'est que trop
disposé à partager vos sentiments à
l'égard de ses compatriotes.

— Qui nous sommes !.... s'écria plusieurs fois Athénaïs en rougissant,
car c'était la seule expression qui l'eût
frappée dans les observations que sa
mère lui avait adressées ; qui nous
sommes! je sais, maman, que je suis
la fille du lieutenant-général comte
Des-Marais, et qu'à ce titre j'ai droit
aux égards et aux respects de ceux
que vous nommez les compatriotes
de mon père.

La mère ne fit aucune réponse ;
elle fit semblant d'être distraite, et
arrangea les plis de son schall qui s'é-
tait chiffonné dans la voiture ; la fière
Athénaïs jeta sur elle un regard dont

la piété filiale ne paraissait pas ani-
mer l'expression hautaine et peu respectueuse. Dans ce moment, un objet
qu'elle aperçut dans le parc attira
toute son attention.

— Je ne me trompe pas, maman,
reprit-elle après un instant de silence; quelqu'un chasse dans le parc,
et c'est un paysan, je crois! Quelle
indignité! Voilà le résultat de votre
indulgence. On nous méprise, on
foule aux pieds nos droits... Cela ne
sera pas; je veux savoir quel est ce
manant qui ose prendre une telle liberté dans les terres de mon père.

— Arrêtez, Athénaïs! Ah!...

Madame la comtesse Des-Marais
poussa un cri déchirant, car son imprudente jeune fille, au comble de la
colère, fouettait plus vivement encore
son cheval dans un endroit où la rapidité de la côte rendait sa vivacité
on ne peut plus dangereuse. Tout-à-

coup une double détonation épou-
vanta l'animal naturellement ombra-
geux; et il ne fut plus possible de
le diriger et de le maintenir sur la
route. Le char léger volait avec une
effrayante rapidité sur le bord du chemin, et semblait à chaque instant
devoir être entraîné sur la pente qu'il
formait des deux côtés, au-dessus
d'une gorge rocailleuse; le péril était
imminent; les cris de la comtesse ne
faisaient que l'augmenter, et les efforts de la jeune personne étaient im-
puissants.

L'individu qui avait tiré le coup
de feu entendit les cris affreux que
la crainte et le désespoir arrachaient
à la comtesse, et un coup d'œil suffit
pour lui faire juger de toute l'étendue du danger que couraient les
deux dames. Il jeta son fusil à terre,
franchit la haie d'un seul bond, et,
gravissant la côte avec une incroyable

vélocité, il se jeta au-devant du cheval, l'arrêta par le mors, et le contrai-
gnit à courber le genou; un moment
après, il le conduisit au milieu de la
route, et dissipa sa frayeur en le flat-
tant, comme un homme habitué à
braver de semblables accidents. Un
autre personnage, que les dames n'a-
vaient point d'abord aperçu, s'approcha alors du tilbury en s'essuyant
le front, car il n'avait pu, malgré
sa bonne volonté, être aussi prompt
que son compagnon.

Nous devons profiter du moment
d'embarras et d'hésitation qui suit
ordinairement un événement de ce
genre pour faire connaître ces nou-
veaux-venus.

Celui des deux qui avait été assez leste
et assez heureux pour prévenir un malheur certain, et pour arrêter l'indomp-
table coursier d'Athénaïs, était un jeune
homme d'une taille élevée, et qui, à

l'agilité dont il venait de faire preuve,
paraissait joindre une vigueur et une
force peu communes. Ses vêtements
étaient d'une simplicité qui annonçait
moins la liberté dont on aime à
jouir à la campagne, sous le rapport
de la toilette, que le manque d'aisance. Sa veste verte avait éprouvé
plusieurs fois les outrages du temps,
et le *berchut* du village avait attaché
aux coudes de son vêtement des pièces
d'un drap plus foncé qui ne faisaient
pas honneur à son génie. Sa cravate en
soie noire était négligemment nouée
autour de son cou; il portait de gros
souliers ferrés, et ses jambes étaient
recouvertes par des guêtres en cuir
noir, semblables à celles dont, dans
la plus grande partie de la France, les
habitants des campagnes sont dans
l'usage de se servir. Malgré ce costume
peu favorable, ce jeune homme avait
en lui quelque chose qui ne permet-

tait pas, même au premier abord,
de le confondre avec la classe pauvre
et laborieuse dont ses habits usés indiquaient qu'il faisait partie. Lorsque
le cheval eut cessé de hennir en pié-
tinant et en levant fièrement la tête,
le chasseur ôta son bonnet de drap
bleu, et découvrit une physionomie
remarquable, en saluant les dames.
Ses cheveux, d'un noir d'ébène, se
relevaient sur un front large et calme;
ses yeux vifs et brillants, et le sourire triste qui effleurait ses lèvres, faisaient oublier le teint un peu foncé
de son visage bruni par le soleil et
les fatigues de la chasse. L'expression
générale de ses traits était noble et
bienveillante, quoiqu'ils parussent
empreints d'une mélancolie habituelle. Sa contenance était à la fois
fière et modeste, et il était aisé de
voir, ou que ce jeune homme avait
reçu une éducation au-dessus de sa

fortune et de son rang, ou qu'il était
né dans une situation dont ses vêtements ne donnaient pas l'idée.

On ne pouvait pas hésiter de la
même manière en examinant son compagnon. Au vieux bonnet de police jeté
sur son oreille droite, à la noble blessure qui partageait presque son visage,
dont l'insouciance et la gaieté pa-
raissaient être les caractères distinc-
tifs; à son bras gauche amputé, surtout au ruban rouge fixé sur sa poitrine, il était facile de reconnaître
en lui un de ces anciens et braves
soldats qui, dans nos villes et nos
hameaux, racontent prolixement aux
jeunes gens les évènements particu-
liers de la lutte aussi longue que glo-
rieuse soutenue par la France. Mais
la bandoulière jaune, bordée d'un
liseré vert, passée sur un uniforme
usé, et à laquelle pendait un sabre
d'infanterie, indiquait aussi que ce vé-

téran exerçait des fonctions publiques, et que, placé au premier degré de notre longue hiérarchie administrative, il était garde-champêtre. Il voulut imiter la politesse du jeune homme ; mais il se borna à porter la main à son front en joignant les talons sur la même ligne, les deux pointes des pieds en dehors, comme un militaire qui salue son chef.

— Mille remerciements, Monsieur, dit la comtesse. Sans votre prompte et généreuse assistance, ma fille et moi nous nous serions infailliblement blessées.

— Que le diable m'emporte ! si ce n'est pas la vérité, répondit le garde-chasse.

— Paix, Guillot ! dit le jeune homme. Mesdames, ajouta-t-il en s'inclinant avec grâce, je suis trop heureux que le hasard m'ait fourni l'occasion de vous être utile. Permet-

tez-moi cependant de vous faire
observer, Mesdames, qu'il est fort
dangereux de descendre la côte de
Crossey dans un équipage même
plus solide que le vôtre, et que la main
la plus habituée à ce genre d'exercice
ne pourrait y gouverner un cheval
aussi ardent et aussi vif que celui-ci.

— Oui, ajouta Guillot, il ne res-
semble pas à la jument de monsieur
le curé... Là! là!... ne tirez donc point
les rênes à vous, ma belle demoiselle, ou bien il vous emportera encore à tous les diables... Pardon de
l'expression.

—Cela ne serait point arrivé, Monsieur le garde-chasse, si vous remplis-
siez vos devoirs avec moins de négli-
gence, dit enfin Athénaïs dont un
léger tremblement agitait les lèvres
pâlies, et qui parut s'abandonner à
toute la violence et la hauteur de son
caractère, malgré le regard sup-

pliant que sa mère jetait sur elle.

— Bon ! reprit le garde-chasse avec le sang-froid comique d'un vieux militaire ; sûrement vous vous trompez, mon capitaine… Pardon! c'est une ancienne habitude , je voulais dire, Mademoiselle ; il n'est pas possible que ce soit moi qui aie fait emporter votre cheval à courte queue.

— C'est ce dont vous vous expliquerez avec Monsieur le comte aujourd'hui même, répondit vivement Athénaïs en faisant un sourire de mépris.

— Quant à m'expliquer avec le général, dit le garde-chasse, je le veux bien : nous nous connaissons d'ancienne date, sans parler de notre enfance, que nous avons passée ensemble au moulin de son père : nous sommes d'anciens compagnons. Nous nous sommes battus dans le même régiment à Lodi et à Marengo, plus tard à Jena et à Friedland ; il y gagna les épaulettes de général, et moi j'y laissai mon bras gauche. Certainement j'irai m'expliquer avec le général, car il a plus d'esprit que moi; mais, que le diable m'emporte! s'il me prouve que j'ai quelque tort dans cette affaire.

— Insolent!... misérable insolent! murmura Athénaïs d'une voix tellement émue par la colère que ces agréables épithètes ne frappèrent point l'oreille susceptible du vieux soldat.

Il avait parlé avec volubilité, et malgré le ton naïf qu'il avait employé le sarcasme sans doute involontaire qu'il s'était permis sur l'origine du comte Dés-Marais n'avait pu échapper à la fière Athénaïs, qui déjà avait reçu quelque confidence à ce sujet, mais qui ne croyait point qu'un comte lieutenant-général pût être le fils d'un pauvre meunier. C'était cependant la vérité, dont nous nous pro-

posons de faire plus tard une entière
révélation au lecteur.

Amenois pai... sugit présque en
même temps; elle s'agita avec violence sur les coussins moelleux du
tilbury, au grand étonnement de
Guillot, qui ne comprenait rien à la
mauvaise humeur que manifestait la
jeune personne. Son compagnon, plus
éclairé, crut devoir alors prendre la
parole, bien que cette scène ne fût
guère plus intelligible pour lui; mais
il avait observé avec attention l'embarras extrême de la comtesse et le
sentiment plus vif qui paraissait agiter sa fille. Il crut que les expressions
dont s'était servies le garde pouvaient
seules être la cause du mécontentement de ces dames.

— Mesdames, dit le jeune homme,
Guillot, mon brave ami, s'exprime avec
la chaleur et la franchise d'un ancien
militaire, et c'est une chose qu'on

1.   2

peut lui pardonner, d'autant mieux que ses excellentes qualités doivent faire oublier la rudesse de ses manières. Permettez-moi, Mesdames, de vous féliciter d'avoir échappé à un très grand danger; nous vous aiderons à descendre la côte si vous le désirez, en retenant votre cheval par la bride, et j'espère que M. le général n'entendra point parler d'un évènement qui pourrait l'affliger inutilement.

La comtesse se contenta de saluer le jeune homme, mais en même temps elle jeta sur Athénaïs un regard inquiet.

— C'est stipuler vous-même, Monsieur, répondit-elle avec hauteur, le prix que vous attachez au service que vous nous avez en effet rendu. Mais je vous ferai cependant observer que vos deux coups de feu ont seuls épouvanté notre cheval; et d'ailleurs il est temps que ce garde, qui est lié avec

tous les paysans, ne se permette plus
de leur faire les honneurs de notre
parc.

— O Athenaïs! que faites-vous? dit
tout bas la comtesse.

Le jeune homme, en entendant ces
paroles, qui n'avaient plus besoin de
commentaires, et qu'il devait directe-
ment s'appliquer, éprouva une surprise
difficile à décrire. Il fronça le sourcil
et fit un léger mouvement en arrière,
comme s'il avait aperçu tout-à-coup
quelque objet effrayant et inattendu;
un geste prononcé de son bras indiqua
que sa première pensée avait été de
remettre sur sa tête son bonnet de
chasse, mais il fut arrêté par un reste
de politesse et d'égard pour le sexe
de la personne qui l'outrageait.
Guillot le regardait avec un étonnement, qui aurait été risible en tout
autre circonstance, et qui semblait
dire: Est-ce qu'on nous parle hébreu?

Pour moi, je ne comprends rien à tout cela. Mais quelques secondes suffirent pour rendre au jeune homme son assurance et son sang-froid.

— Mademoiselle, répondit-il avec dignité, j'étais loin de m'attendre à devenir la cause d'un pareil reproche; mais avant que je puisse vous prouver son injustice, me sera-t-il permis de vous demander à qui j'ai l'honneur de parler?

— Madame la comtesse Des-Marais et sa fille, répliqua sèchement Athénaïs.

— Fort bien ! reprit le jeune homme : je me doutais que vous étiez étrangère à ce pays ; c'est la première fois, en effet, que j'ai l'honneur de vous rencontrer, et vous paraissez ignorer, Mademoiselle, que les habitants de ces contrées, auxquels vous donnez le nom de paysans, fondent en général leurs relations sur le pied du bon voisinage, et que peu d'entre eux

seraient disposés à faire revivre les édits
de Henri IV relativement à la chasse.
J'avoue, au reste, Mademoiselle, que
je suis plus coupable qu'un autre en
traversant votre parc ; quoique plein de
respect pour les lois, je ne crois pas en
avoir violé aucune en prenant cette
liberté.

— Finissons, Monsieur, dit Athé-
naïe en rougissant, et frappée de la
noblesse de ce langage; finissons cette
ridicule conversation sur un grand
chemin. Je rapporterai à mon père ce
qui vient de se passer, et s'il juge à
propos de vous adresser une permission pour chasser sur ses terres, je ne
doute pas qu'il ne le fasse. Vous savez
qui nous sommes maintenant, et si
vous voulez, à votre tour, me dire votre nom, je tâcherai de m'en souvenir.

— Ce serait beaucoup trop d'honneur pour moi, Mademoiselle, et je me
dispenserai de donner, au sujet de cette

permission de chasse, aucune espèce
d'embarras à Monsieur votre père.
Au reste, si le nom d'un paysan peut
tomber de votre jolie bouche, et qu'il
vous plaise de le répéter, je vous dirai
que je suis le comte Édouard de Crossey.

Le jeune homme mit plus de dépit
que d'importance en accolant son titre
de famille à son nom; mais il fit un
effet prodigieux sur les nerfs aristo-
cratiques de la belle Athénaïs, tandis
que sa mère baissa les yeux avec chagrin. Le mouvement involontaire que
la surprise et le désappointement arra-
chèrent à la jeune personne se com-
muniqua aux rênes qu'elle tenait alors
d'une main tremblante, et le cheval
anglais mit fin à l'explication en em-
portant le tilbury.

M. Édouard de Crossey, puisque tel
est le nom du chasseur, croisa les bras
sur sa poitrine en regardant avec une

sorte de dédain et un sourire sur les
lèvres, le char léger qui descendait
rapidement la côte, enveloppé à demi
dans un nuage de poussière. Les dernières paroles qu'il avait échangées
avec Athénaïs avaient plongé le garde-
chasse dans cette stupeur qui recèle
plus de colère que de saisissement
et d'embarras.

— Que cinq cent mille diables t'em-
portent, princesse de la Chine! s'écria-
t-il en plaçant avec dépit son bonnet de
police sur son oreille. A-t-on idée d'une
pareille chose, Monsieur Édouard?
Vous empêcher de chasser dans le
parc? Et d'où sort-elle, la princesse,
avec son manteau d'arlequin, pour
nous faire une pareille défense? Que
n'avez-vous laissé tomber dans les
gorges cette lanterne à deux roues!..

— Fi donc! Guillot, fi donc! mon
brave ami! reprit vivement Édouard,
ces deux dames se seraient infaillible-

ment tuées , et vous ne pouvez former
un semblable souhait. Et, ajouta-t-il
en souriant, avez-vous donc oublié tous
les droits du sexe...? vous, Guillot, qui,
si je dois m'en rapporter à vous, ne tra-
versâtes jamais une ville étrangère
sans y faire aimer par quelqu'un les
victoires de nos armées ?

— Les droits du sexe !... les droits
d'insolence, Monsieur le comte !.....
Tout de même vous maniez fièrement
bien la parole; j'étais là comme un
imbécile, et je n'aurais su que lui répondre, car, après tout, la poupée est
la fille d'un ancien compagnon, je
voulais dire d'un ancien chef, Monsieur le comte.

— Encore, Guillot ? Vous savez bien
mes conventions: ne me donnez pas un
titre dont je suis loin d'être fier ; si
vous m'avez entendu pour la première
fois le prendre moi-même, c'est que
la circonstance l'exigeait....

— J'entends bien, j'entends bien! dit le vieux soldat dont les traits mobiles exprimèrent alors l'intelligence et la malice; oui, c'est comme on disait dans la trente-deuxième demi-brigade, à l'armée d'Italie : Si quelqu'un s'avise de plaisanter sur vos uniformes troués, dites seulement, Je suis de la trente-deuxième... et suivez le mouvement.

—C'est cela, c'est cela, mon brave, dit Édouard en riant. Allons, oublions cette aventure. Il faut que je retourne à la ferme; venez m'aider à retrouver mon fusil, car je ne sais vraiment où je l'ai jeté. Ici, Bellone! ici!...

—Pardieu! Monsieur Édouard, elle a retrouvé la piste du lièvre, l'excellente bête! Cherche, Bellone, cherche!

— Non, non, je ne chasserai plus dans le parc; cela ne convient pas, Guillot, et apprêtez-vous à être bien grondé par le général, qui est aussi le maire de la commune. Ici, Bellone!

— Eh bien! je soutiendrai l'assaut, Monsieur Édouard, nous verrons ce qu'il osera me dire. Ne sait-il pas que ce château qu'il habite et que toutes ces belles terres devraient vous appartenir, mille noms d'une pipe! et n'êtes-vous pas le meilleur jeune homme et le meilleur chasseur qui ait jamais tiré un lièvre avec un fusil à piston? Laissez donc!

— Paix, Guillot, reprit Édouard en soupirant profondément; ces terres appartenaient à mon père, il est vrai, mais je n'y ai plus aucun droit, aucun... et si vous voulez conserver mon amitié, gardez-vous bien de jamais laisser supposer que j'élève des prétentions aussi contraires aux lois et à la paix publique.

— Je n'entends pas grand'chose à toutça, Monsieur Édouard; mais quand nous partîmes avec Matthieu, qui est aujourd'hui comte et général, ce n'était pas pour lui acquérir le château et les biens de votre père que nous suivîmes le beau drapeau tricolore du premier bataillon de l'Isère!..Oui, laissons cela ; il y a des moments, voyez-vous, Monsieur Édouard, où tout ce qui se passe me pèse sur le cœur, et où j'arracherais volontiers ce chiffon rouge qu'on m'a donné pour mon bras. Ah! j'étais un franc et vrai soldat de la république, moi, Monsieur Édouard...

—Oui, mon brave ami, dit Édouard en serrant affectueusement la main du vétéran de Marengo ; il y a de l'honneur, du véritable honneur, dans tout ce que vous dites.

Il retrouva son fusil et caressa un instant une belle chienne de chasse qui vint, en remuant la queue, se placer entre ses jambes et lui lécher les mains. Son front s'était couvert d'un

nuage et il semblait distrait et rêveur ;
tout-à-coup il fit un signe d'adieu au
garde, et, comme s'il avait éprouvé le
besoin d'être seul, il s'éloigna précipitamment en lui disant : —Au revoir !
à ce soir, Guillot !

M. Édouard traversa rapidement le
parc et s'arrêta non loin du village de
Crossey auprès d'une source dont le
trop-plein forme un ruisseau limpide
qui coule le long du chemin. Il s'assit
sur une pierre, déposa son fusil auprès
de lui avec les précautions d'un chasseur expérimenté, et lava ses mains,
qui, lorsqu'il avait arrêté le tilbury,
avaient été souillées par la boue et
meurtries par le frottement des roues.

Le vieux soldat se complut à suivre
des yeux le jeune homme qu'il aimait, et il se mit bientôt après à gravir le chemin escarpé du château.

—Le brave garçon ! murmurait-il
entre ses dents. Être insulté par des

gens qui auraient été bien fiers de manger à la table des domestiques de son père! Mais ils auront beau faire, si je découvre le gîte d'un lièvre, ce n'est pas un autre que lui qui le tuera. Je lui parlerai, moi, au général, et nous verrons... Ah! si j'avais encore mon bras, j'enverrais bientôt promener la bandoulière... Mais bah!... pourquoi songer à cela?

Guillot parcourut ainsi, en se livrant à diverses réflexions, tous les environs, comme c'était son devoir de garde-champêtre et forestier de la commune de Crossey, et, suivant une expression consacrée, il *grognait* encore quand, vers l'heure de midi, il tira fortement le cordon de la sonnette placée à la principale porte du château.

CHAPITRE II.

Le Procès-verbal.

L'intérieur du château de Crossey était digne en tout de l'opulence et du rang élevé de son nouveau propriétaire. Des meubles en acajou, des tapis d'Aubusson, des tentures en papier imitant assez bien le relief du velours d'Utrecht, avaient remplacé les meubles plus solides de nos ancêtres, les parquets armoriés, et ces vastes tapisseries, ouvrage précieux des damoiselles et des châtelaines dont les loisirs avaient jadis été consacrés à ce travail. Les chasses au faucon et au daim retracées dans ces tableaux à l'aiguille qui avaient réjoui les regards de plusieurs nobles générations ne

décoraient plus les épaisses murailles
du manoir. On admirait à leur place
des tableaux de genre de l'école moderne, et des fleurs artistement pla-
cées dans des vases d'albâtre qui garnis-
saient d'élégantes consoles attestaient
à la fois la magnificence du maître et
le goût plus délicat, ou tout au moins
si différent des temps modernes.

Un domestique à livrée fit entrer le
garde dans une pièce qui paraissait
avoir été disposée dans des vues d'intérêt public, quoiqu'elle fût décorée
avec le même soin et la même prodi-
galité. Une cloison à hauteur d'appui
séparait du reste de l'appartement
l'enceinte, qui contenait un bureau en
bois d'ébène et des cases rangées du
haut en bas, le long des murs, où
étaient placés de volumineux *in-quarto.*
Le lecteur se serait expliqué cette circonstance, si nous n'avions oublié de
lui dire qu'un drapeau blanc et une

inscription en très grosses lettres,
qu'on ~~lisait sur l'une des portes du~~
château, indiquaient que ce séjour fas-
tueux était en même temps la mairie
de Crossey. Tel était cependant le
lieu réservé où le garde fut introduit;
son bonnet demeura penché sur son
oreille; et le balancement de son corps,
son air d'aisance et d'insouciance mili-
taires ne prouvaient pas que les abords
du magistrat devant lequel il allait paraître en imposassent le moins du
monde à son esprit franc et libre. Ses
lèvres se rapprochèrent, au contraire ;
on aurait dit qu'il allait se permettre
de siffler un air pour se désennuyer,
car il ne fit pas la moindre attention au
personnage qui écrivait dans ce moment, placé d'une manière assez étrange, à cause de sa conformation physique, devant le bureau dont nous avons
déjà parlé.

C'était un homme maigre et sec,

d'un âge déjà avancé, et d'une taille si exiguë, que bien qu'il eût pris le soin d'ajouter à l'élevation de son siége par deux ou trois registres, sa tête dépassait à peine la balustrade qui servait de limite au public dans ce sanctuaire de l'autorité municipale. Il était vêtu d'un habit noir, ou plutôt d'un habit qui avait eu jadis cette couleur, car, outre qu'il montrait la corde dans plusieurs endroits, le temps l'avait sillonné de tant de nuances rougeâtres, qu'il était difficile de prononcer à cet égard au premier aspect. Ce vêtement était un présent de M. le valet de chambre du comte au secrétaire du maire, car tel était le rang de cet employé, et il n'y avait pas de doute qu'avant qu'on en eût disposé en faveur du scribe de la commune, il n'eût précédemment eu l'honneur de couvrir les épaules de l'illustre dignitaire. Sa figure pâle et maigre, sur laquelle on ne pou-

I. 2.

vait guère lire d'autre passion que l'habitude d'une profonde dissimulation, était cependant éclairée par deux petits yeux gris, dont la vivacité s'accordait avec le sourire sardonique de ses lèvres minces. On doit dire que si, sous le rapport moral, M. Ragot, secrétaire de la mairie de Crossey, avait quelque ressemblance avec le Rigaudin de la *Maison en loterie* (1), il en différait essentiellement sous le rapport physique. L'excroissance que ce personnage porte habituellement au sommet du rachis ou de l'épine du dos, M. Ragot l'avait par-devant, de façon que quand il prenait sa plume officielle pour rédiger un acte, et qu'il s'approchait ainsi du bureau, le mouvement nerveux et presque convulsif qu'il était obligé de faire aurait fait penser qu'il subissait l'influence irrésistible

_____

(1) Charmante comédie-vaudeville de Picard.

du système d'attraction. Son chapeau rond, dont les bords retroussés formaient des gouttières aux quatre points cardinaux, gisait près de lui sous la table, et il le remplaçait momentanément par une visière en soie verte.

Ce personnage important jeta sur le garde un regard oblique, de manière qu'en l'examinant il ne paraissait pas avoir détourné la vue du papier placé devant lui. Cependant, s'apercevant qu'il ne recevait de l'ancien militaire aucune marque de déférence ou de respect, il toussa plusieurs fois, ficha sa plume entre les parois extérieures de son oreille, jeta son corps en arrière, et parut le regarder avec une expression marquée de malice et de méchanceté.

—Bonjour, mon cher Monsieur Guillot! dit-il à voix basse; comment vous portez vous? Est-ce une bonne affaire qui vous amène?

—Je n'en sais rien, Monsieur Ragot,
répondit le garde en prononçant d'une
manière emphatique le nom du fonctionnaire, et j edois supposer que l'affaire n'est pas bonne, puisque vous
me faites cette question, car, le diable
m'emporte! pardon de l'expression,
si vous n'êtes pas la plus mauvaise
langue du pays.

— C'est cela, c'est cela! dit le secrétaire en se frottant les mains. Se-
mez de bonnes paroles, et vous ne re-
cueillerez que des injures. Ne vous ai-
je pas prévenu, Guillot, continua-t-il
en prenant un ton plus familier, que
vous vous attireriez des reproches de
vos supérieurs par votre faiblesse?
Les deux vaches de la vieille mère
Besson, qu'on a surprises vingt fois pâ-
turant dans les prairies de M. le comte,
les avez-vous saisies, comme c'était
votre devoir?

— Outre que cela ne vous regarde

pas, Monsieur Ragot, je suis prêt à
répondre à cette accusation... Et le
garde ajouta ici une expression tellement énergique que, malgré notre fidélité habituelle, nous ne pouvons
la rapporter. Au surplus, ajouta-til,
la mère Besson est une pauvre femme
qui ne possède au monde que ses deux
vaches et qui vit du produit de leur
lait; M. le comte, puisque comte il y
a, n'en sera pas plus pauvre au bout
de l'an quand il lui manquera quelques bottes de foin après la récolte.
D'ailleurs la mère Besson a été long-
temps au château, elle y habitait du
temps des anciens seigneurs...

— Ouais! s'écria le secrétaire, ces-
sons cette conversation, Monsieur
Guillot, car elle commence à devenir
furieusement séditieuse. Nous vivons
sous un gouvernement monarchique
et religieux, Monsieur Guillot.

— Je ne suis pas trop content de

bien des choses qui pourraient aller
mieux, Monsieur Ragot; mais, dans
tous les cas, j'espère que nous vivons
sous un gouvernement où vous ne
serez jamais rien.

—Continuez, continuez, et si vous
ne perdez votre bandoulière et vos
cent écus d'appointements, je ne m'y
connais pas, Monsieur le garde. Il
n'est pas permis, Monsieur, de mal
parler du gouvernement, de l'insulter, Monsieur, comme vous le faites
tous les jours, avec le jeune jacobin
qui demeure chez le curé de la paroisse.

—J'ai eu souvent l'envie, Monsieur, de vous frotter les épaules
avec le seul bras qui me reste, et cela
vous arrivera certainement. Il vous
appartient bien de donner à des
gens honnêtes le nom que vous étiez
si fier de porter dans un autre temps,
quand vous aviez un bonnet rouge

sur votre tête au lieu de cet éventail
vert dont vous vous servez maintenant.

Le secrétaire allait répondre à cette
vigoureuse attaque, le teint de son visage n'était pas plus animé que d'habitude, mais ses yeux gris roulaient
sous ses sourcils et annonçaient, avec
le pincement de ses lèvres, qu'il allait
se livrer à la plus violente colère.
Heureusement pour le lecteur et pour
Guillot, une porte qui servait de com-
munication entre les appartements du
château et la salle commune s'ouvrit
dans ce moment, et un domestique
invita péremptoirement le brave garde-champêtre à paraître devant monsieur le comte.

La pièce dans laquelle il fut introduit était un salon richement décoré
où se trouvaient plusieurs personnes
qu'il est nécessaire de faire connaître
au lecteur, car nous avons une habi-

tude dont nous ne pouvons nous départir, et qui consiste, avant d'entrer en matière, à décrire avec soin le lieu de la scène et la physionomie des personnages qui doivent prendre part à l'action.

C'était un vaste salon, au rez de chaussée du château, et ouvert sur un jardin agréablement distribué. De grands rideaux en soie rouge étaient drapés dans les embrasures des fenêtres de manière à tempérer l'éclat de la lumière sans gêner la jouissance d'une vue délicieuse; plusieurs tableaux d'une assez grande dimension étaient posés dans toutes les parties de l'appartement où un jour avantageux pouvait faire ressortir davantage le talent de leurs auteurs. Le plus remarquable de tous, placé au-dessus d'un divan de la couleur des rideaux, représentait un militaire d'un grade supérieur; il était à cheval et dans l'atti-

tude d'un chef qui donne des ordres.
On pouvait juger de la parfaite ressemblance de ce portrait, car le personnage distingué dont il offrait l'image
était assis dans un riche divan qu'on
avait placé auprès d'une fenêtre ; ses
pieds, chaussés dans des bottines de velours noir, reposaient sur un tabouret
dont un coussin moelleux recouvrait la
surface. C'était un homme âgé d'environ cinquante-cinq ans ; sa figure, qui,
sans être belle, avait été mâle et expressive, conservait encore un air froid et
sévère qui s'alliait parfaitement à son
teint basané. Autant qu'on pouvait
en juger dans la position où il se trouvait, et malgré l'embonpoint presque
gênant qu'il avait acquis, il devait
avoir été d'une taille élevée et d'une
force athlétique. Ses cheveux, qui commençaient à grisonner, étaient rares
sur le devant de la tête. Il portait un
col militaire et un habit bleu garni

de boutons jaunes; à l'une de ses boutonnières était une boucle en or où l'on avait figuré la petite plaque des principaux ordres de l'Europe.

La jeune personne dont nous avons dépeint les traits et le costume dans le premier chapitre de cette histoire était assise au-dessous du portrait, et jouait avec un chat angora. Mais il y avait encore dans ce salon un individu qui mérite toute notre attention : c'était un ecclésiastique, jeune encore, et dont la figure ne portait pas les traces de la macération et du jeûne; ses lèvres roses, son teint coloré et ses yeux brillants de force et de santé, démentaient l'attitude contrainte et presque modeste qu'il s'efforçait de conserver. Il lisait avec une attention apparente dans un livre d'Heures, mais souvent ses regards distraits se reportaient à la dérobée, et comme malgré lui, sur la belle et jeune fille du maî-

tre de la maison. Une certaine intelligence paraissait régner entre eux,
et quand le garde fut introduit, ils
eurent l'air de juges qui, après avoir
donné leur opinion, attendent que
leur président en proclame le résultat.

Guillot salua militairement en entrant dans le salon, et, sans qu'il fût
intimidé par l'air d'importance du
groupe que nous venons de dépeindre,
il sentit néanmoins qu'il n'avait aucune bienveillance à en attendre. Il
ne fut point rassuré à cet égard en
apercevant dans le fond du salon
les traits de la dame du lieu, qui, ayant
ouvert avec précaution une porte, lui
fit un signe d'encouragement et de
protection.

Le général ne répondit point au
salut du garde, et se contenta de lui
faire signe de s'approcher davantage
de la place qu'il occupait.

—M'expliquerez-vous, dit-il quand

celui-ci eut obtempéré à son invitation silencieuse, pourquoi, quand vous êtes payé pour veiller à la conservation des propriétés de tous les habitants de cette commune, vous permettez que les miennes soient dévastées par des vagabonds?

— Est-ce à moi, mon général, que vous parlez ainsi?

— Et à qui donc, s'il vous plaît?

— Autant vaudrait faire ce reproche à quelqu'un qui le méritât mieux, mon général. Que le diable m'emporte!... pardon de l'expression, si aucun vagabond a jamais, à ma connaissance, causé du dommage à vos propriétés. Je fais mon devoir, mon général : mais, après tout, j'aimerais mieux manger le fourreau de mon sabre que de tourmenter des pauvres gens pour des misères.

— Soyez bon à vos dépens, Monsieur le garde, reprit le général avec plus de sévérité encore et un ton de mauvaise humeur toujours croissante; mais je ne vous permets pas de tolérer aux miens les délits de vos protégés. Cette femme qui s'avise de mener paître ses bêtes dans ma prairie, a-t-elle été punie?

— Ah! je vois d'où le vent souffle! répondit Guillot dont l'assurance semblait augmenter à mesure que son supérieur s'emportait davantage. C'est le chat à demi écorché qu'on appelle le secrétaire de la commune qui vous a dit quelques mots de cette affaire. Je vous assure, mon général, qu'il n'y a pas dans tout cela de plus grand coupable que lui. La mère Besson est bien vieille, mon général, puisqu'elle a été la nourrice de l'ancien seigneur; elle avait des habitudes auxquelles il est bien dur de renoncer à son âge... Mais qu'il n'en soit plus question; je lui ai dit que cela vous déplaisait, et

il y a plus d'un bon voisin qui s'est
empressé de lui offrir autant de foin
et d'herbe que ses vaches en pourraient manger, vécussent-elles aussi
long-temps que leur maîtresse.

—Il suffit : je veux bien oublier
cette affaire, et je vous engage à parler avec plus de respect devant moi
des personnes qui sont honorées de
ma confiance. J'ai à vous dire quelque chose de plus important. Je ne
présume pas que les gardes-forestiers
soient institués pour faciliter le bra-
connage et pour aider quelques mauvais sujets à violer les lois sur la chasse
et les propriétés particulières ; c'est
cependant ce que vous avez fait ce
matin même. Qu'avez-vous à répondre ?

—J'ai seulement à répondre, mon
général, que si la demoiselle vous a ra-
conté ce qui s'est passé ce matin de
manière à vous fâcher à ce point, elle

a eu tort, mille noms d'un diable!... pardon de l'expression.

La fière Athénais rougit d'indignation, et un miaulement de l'angora attesta que son favori avait été la victime du mouvement d'impatience auquel elle venait de se livrer. L'abbé tressaillit sur le fauteuil où il était assis, et jeta sur l'audacieux orateur un regard d'étonnement, car l'indépendance et les nobles sentiments produisent toujours cet effet sur les âmes vénales et corrompues. Le général essaya de se lever; mais, cloué par la goutte sur le siége qu'il occupait, un cri de douleur qu'il fit effraya d'abord sa fille, qui s'approcha pour le secourir; cependant, en passant la main sur sa jambe, il lui fit signe de ne point se déranger.

— Oui, continua l'imperturbable Guillot, la demoiselle a eu tort. Qui s'est jamais avisé de prendre pour un vagabond M. Édouard, le meilleur jeune homme qu'il y ait dans tout le pays; et qui, tout comte qu'il est, car il est comte aussi bien que vous, mon général, ne s'est pas fait prier deux fois pour rédiger une pétition en m█ faveur, c'est-à-dire pour que j'obtienne l'arriéré qui m'est dû sur ma croix d'honneur. Je n'aime pas l'arriéré, mon général.

—Et moi, je n'aime pas les raisonneurs, répliqua le général avec toutes les marques d'une vive indignation. Je sais que celui dont vous parlez est malheureusement imbu des mauvais principes de la révolution, et qu'il est fort mal disposé pour le gouvernement; je sais encore qu'il préside les conciliabules des mauvaises têtes du pays, des libéraux, comme ils ont l'audace de s'appeler entre eux; mais je suis un magistrat vigilant, et j'y mettrai bon ordre.

— Pour le coup, je veux que le diable m'emporte!... pardon de l'expression encore une fois, continua le garde, si je comprends un mot de ce que vous dites, mon général; les conciliabules!... si c'est du cabaret que vous voulez parler, je vous donne ma parole d'honneur, la parole d'un vieux soldat, mon général, que M. Édouard n'y a jamais mis le pied. Oui, je puis le jurer, et il y a de bonnes raisons pour que je sache qui va au cabaret et qui n'y va pas. M. Édouard demeure chez M. Manuel, notre curé, un digne homme, j'espère, et qui n'aime pas les conciliabules.

— Paix, Monsieur! reprit le magistrat municipal. Voilà beaucoup de paroles inutiles : vous avez un ton d'audace et d'impertinence que je ne puis tolérer plus long-temps. Quoi qu'il en soit, un délit a été commis ce matin même dans mes propriétés, et j'exige... je vous somme d'en dresser à l'instant même procès-verbal..

— Procès-verbal!... un procès-verbal contre M. Édouard! s'écria l'honnête Guillot, dont les traits hardis, mais qui respiraient la probité, se couvrirent aussitôt d'une teinte prononcée de mauvaise humeur et d'affliction; ne l'espérez pas, Monsieur; non, mon général, jamais! J'aimerais mieux avoir perdu mes deux bras que de faire servir celui qui me reste à une pareille infamie. Est-ce donc parce que ce matin il a sauvé la vie à la demoiselle, qui pourrait être plus prudente, et à votre épouse, qui est une bonne, une excellente dame, que vous voulez faire une pareille honte à ce brave jeune homme?

Athénaïs perdit toute contenance; elle voulut parler, mais le prudent abbé la rappela à la modération en plaçant l'index de sa main droite le long de son visage. Cependant les dernières paroles de Guillot parurent produire un grand effet sur le général; il regarda autour de lui d'un air distrait pour cacher sans doute l'embarras qu'il éprouvait réellement.

— Guillot, reprit-il d'un ton moins sévère, je vous connais depuis long-temps, et je sais que les expressions dont vous avez habitude de vous servir ne sont pas toujours d'accord avec votre pensée. Considérez donc ici, mon cher, que l'acte d'une juste sévérité que j'ai le droit de requérir de vous n'est point dicté par aucune animosité contre M. Édouard, plus qu'envers tel autre individu qui se serait mis dans le même cas que lui; hâtez-vous donc de me satisfaire, c'est-à-dire de remplir vos devoirs, Guillot, et vous n'aurez point à vous en repentir.

— Pardonnez-moi, mon général,

j'aurais à m'en repentir toute ma vie, répliqua le garde en branlant la tête, d'un air de doute et de chagrin, et cela ne sera pas.

— Ainsi vous avez l'audace de me désobéir ! Misérable, qui donc êtes-vous ?...

— Qui je suis ? mon général ! je n'en sais trop rien à la tournure que prend notre conversation ; mais je puis assurer du moins que je suis un honnête homme.

— Ceci est trop fort !... s'écria le général dans un paroxisme effrayant de colère. Je vous destitue !... je me trompe, je vais demander votre destitution, et, en attendant, je vous suspends de vos fonctions.

— Calmez-vous, mon père, dit Athénaïs craignant les suites que l'irritation du général pouvait avoir pour sa santé ; cette affaire est terminée ;

elle ne mérite pas que vous vous en occupiez davantage.

— Certainement, Monsieur le comte, dit l'abbé d'un ton de voix doucereux qu'il faisait entendre pour la première fois ; le pire de cette affaire serait qu'elle pût vous occasioner quelque indisposition : ce n'est rien, absolument.

— Ce n'est rien pour vous ! ajouta Guillot en jetant un regard de mépris sur cet interlocuteur. N'écoutez pas leurs conseils, mon général, et dites-moi que vous étiez en colère quand vous avez dit à un vieux soldat, à un compagnon de votre enfance, *Je vous destitue.*

— Je ne reviens pas sur ma décision, reprit le général avec le même accent d'indignation et de colère ; vous serez destitué, je l'espère, comme vous le méritez, et je vous suspends de vos fonctions, puisque j'en ai le

droit. Je vous livrerai aux tribunaux,
qui punissent les forfaitures et l'in-
subordination. Quant à vos complices,
ils n'échapperont pas plus que vous à
la justice; nous verrons si mon autorité ne contiendra pas dans le respect
une poignée de séditieux et de mauvais sujets.

— Un moment, Monsieur! s'écria
Guillot dont les yeux enflammés et
la pose militaire qu'il avait prise tout-
à-coup annonçaient que la patience
était à bout, si vous avez le droit de
me destituer, vous n'avez pas celui
de m'insulter. Mille tonnerres! Je
suis un vieux grenadier de la trente-
deuxième demi-brigade, et je ne le souf-
frirai pas. Quand nous partîmes ensemble pour l'armée, Monsieur, nous
étions égaux. C'était un bon temps
que celui-là! Vous êtes revenu général,
et moi je suis resté le pauvre Guillot;
mais que le diable m'emporte! si vous

me destituez sans que je me défende.

— Sortez, drôle, sortez! dit le général, qui, puisant des forces dans sa colère, se leva sur son séant.

— Obéissez, dit Athénaïs, obéissez à mon père.

— Non, reprit Guillot, je ne sortirai pas qu'il n'ait révoqué ses ordres. Je connais la discipline et l'obéissance, mille noms d'un diable!... je sais m'y soumettre comme un autre, mais je n'ai aucun tort, et le général ne voudra pas priver ainsi un vieux soldat de son gagne-pain. N'est-ce pas, général?

— Qu'on appelle Ragot! dit ce dernier avec effort.

— Me voici, Monsieur le comte, dit aussitôt le pâle et maigre secrétaire en entr'ouvrant la porte juste autant qu'il le fallait pour donner passage à son corps exigu. La promptitude qu'il mit à répondre prouvait jusqu'à la dernière évidence que ses oreilles étaient, comme sa langue, les agents d'un sens plein d'activité chez lui.

— Je prends un arrêté, continua le général, qui suspend de ses fonctions le garde de cette commune : veuillez le rédiger à l'instant.

— Cela est fait, Monsieur le comte, répondit le secrétaire en présentant au général un papier qu'il tenait à la main ; vous n'avez plus qu'à y apposer votre signature.

Le général prit le papier et le parcourut avec attention, après avoir jeté sur le fonctionnaire un regard de mécontentement; mais cette blessure faite à l'amour-propre de M. Ragot fut compensée par un sourire d'Athénaïs et un geste d'approbation de M. l'abbé. Le rusé personnage salua le général en se courbant autant que le lui permettait la proéminence de sa poitrine, et il regarda en dessous,

avec tout le triomphe de la méchanceté, l'héroïque Guillot, qui considé-
rait cette scène en silence et avec son
sang-froid habituel.

Cependant M. le comte, ou M. le
général, ou M. le maire, car le propriétaire du château de Crossey était
à la fois honoré de cette triple qualité, prit une plume sur une console
placée entre deux croisées, et signa
l'acte que lui avait remis Ragot.

— Donnez cela à Monsieur, dit-il
avec une certaine affectation et en
fronçant le sourcil. Si vous avez besoin des appointements qui vous sont
dus, Guillot, continua-t-il, je don-
nerai l'ordre qu'ils vous soient avancés
avant l'époque peut-être éloignée où
ils vous seraient comptés par le rece-
veur de la commune.

— Tenez, Monsieur Guillot, ajouta
Ragot en remettant au garde l'arrêté du maire. Il faudra, mon cher

1.   3.

ami, que vous laisseriez ici votre bandoulière et votre plaque d'argent; ce
sont des insignes qui ne vous appartiennent pas, et qui serviront à faire
respecter votre successeur.

— C'est donc bien vrai? reprit le
vieux soldat en arrachant le papier des
mains du secrétaire; oui cela est bien
vrai!... Vous avez oublié que vous
êtes parti d'ici, Monsieur Matthieu
Des-Marais, nu-pieds comme moi,
ou à peu près. Vous avez oublié
qu'à l'affaire de Lodi je... mais que
le diable m'emporte si je vous adresse
un reproche semblable! Ce que j'ai
fait alors, mon général... je voulais
dire Monsieur le maire, oui ce que
j'ai fait alors, si vous vous trouviez
dans le même cas, il serait possible que
je fusse prêt à le faire encore. Vous
voulez ôter son pain... un pain amer,
n'importe, à un vétéran invalide, à
un homme qui a reposé sa tête sur

la même botte de paille que vous...
cela est cruel....!

En proférant ces dernières paroles le
pauvre Guillot sembla perdre un moment son stoïcisme et son insouciance.
Il baissait les yeux comme un homme
affligé ou qui cherche à oublier quelque triste pensée, et il ne songeait point
à se retirer.

—Allons, Monsieur Guillot , dit le
secrétaire, M. le comte serait offensé
si vous restiez plus long-temps ici
maintenant, et je suppose que ce n'est
point votre intention. Donnez-moi
votre bandoulière.

—Paix ! répondit le garde destitué
en frappant du pied avec colère, paix !
je suppose, moi, que mes affaires ne
vous regardent point : les oiseaux
qui vous ressemblent n'ont jamais
niché trop près de Guillot.

Le mouvement oblique et précipité
que fit le digne secrétaire de la mairie

pensa devenir funeste à deux beaux
vases en porcelaine de Sèvres qui gar-
nissaient la console, et l'effet que pro-
duisit sur ses traits décolorés la formi-
dable voix de Guillot arracha un
sourire plus prononcé à la belle Athénaïs, qui passait de nouveau ses mains
blanches et potelées dans les longues
soies de son angora.

— J'espère, Monsieur, que vous ne
vous êtes pas blessé, dit l'abbé, qui
reprit aussitôt sa lecture et son attitude réservée.

— Puisqu'il le faut, il le faut, continua Guillot, à qui quelques instans
de réflexion avaient rendu toute l'é-
nergie de son caractère. Voilà ma bandoulière : c'était le prix de mon sang,
on me l'avait bien fait sentir quand
on me l'accorda. Quant au sabre, il
n'en est pas, entendez-vous, général?
il me fut donné après cette affaire de
Lodi....., par quelqu'un qu'on ne

nommé plus maintenant, et qui a été
notre chef à tous deux.... On dit qu'il
est mort, il faut bien que cela soit
vrai, car si l'ombre de son beau cheval
blanc reparaissait un moment, on
n'outragerait pas ainsi un de ses vieux
compagnons. Adieu, général, continua-t-il avec effort en plaçant la
main sur son ruban de la légion-
d'honneur : il ne me reste plus que
cela... vous ne me l'ôterez pas. Oui,
adieu, et portez-vous bien. Un plus
puissant que vous a succombé.....
vous savez de qui je veux parler.

— Sortez ! sortez ! s'écria le général avec véhémence ; sortez, pour la
dernière fois !

— C'est une horreur, une abomi-
nation, dit Ragot : menaces et presque
voies de fait envers M. le maire, un
lieutenant-général ! il faut que cette
affaire ait des suites...

Guillot, qui avait fait un pas pour

sortir, se retourna brusquement, et son regard calme et assuré arrêta tout-à-coup l'épanchement du zèle de M. Ragot. Il sourit dédaigneusement; et, mettant son sabre sous son bras et son bonnet de police sur l'oreille, il repoussa fortement la porte et s'éloigna en sifflant. A environ deux cents pas du château, il fut arrêté de nouveau par une personne qui accourait en l'appelant de toute la force de ses poumons.

— Bon ! dit-il tout bas, le général s'est peut-être ravisé. Que le diable m'emporte! si je touche encore à sa bandoulière.

C'était le domestique qui l'avait introduit une heure auparavant, et qui s'approcha de lui avec une sorte de respect.

— Monsieur Guillot, lui dit-il en se découvrant, voici ce que madame la comtesse m'a chargé de vous re-

mettre, en vous priant instamment
de l'accepter. Elle vous engage beaucoup à ne pas vous désespérer, car elle
pense qu'avant une semaine elle aura
pu apaiser l'affaire de ce matin et
vous faire rendre votre emploi.

—De l'or ! des pièces d'or, à moi !
répondit Guillot en rendant au domestique le petit paquet que celui-ci
lui avait remis : remerciez bien pour
moi madame la comtesse. Oui, nous
savons tous qu'elle est bonne ; elle se
souvient de l'ancien temps, du temps
où Catherine Ledoux foulait l'herbe de
ces prairies, et je ne dis pas cela pour
lui faire de la peine. Non, mille mil-
lions de diables ! pardon de l'expression, Monsieur Joseph, comme je crois
qu'on vous appelle. Et quant à l'affaire de ce matin, je n'y pense déjà
plus. Nous autres vieux soldats, nous
sommes faits aux mauvais jours.
Adieu, Monsieur Joseph. Votre maî-

tresse est une bonne femme, mille tonnerres!

Le domestique s'éloigna, après avoir salué le garde, qui le regarda aller les bras croisés sur sa poitrine. Dans ce moment il jeta par hasard les yeux du côté du château, et il crut voir sur la terrasse une dame qui lui faisait des signes avec un mouchoir blanc que le vent agitait. Il se découvrit brusquement en portant sa main à son front, et une larme sillonna ses joues brûlées par le soleil.

— Oui, c'est une bonne, une excellente femme, murmura-t-il entre ses dents; j'ai peut-être eu tort de refuser son présent: cela lui fera de la peine. Hé! Joseph! Monsieur Joseph!.. Que le diable l'emporte! il est déjà bien loin.

A ces mots, il se remit en marche du côté du village.

———

CHAPITRE III.

Le Professeur d'histoire.

Il est des instants où les tristes et pénibles préoccupations du malheur reprennent tout leur empire sur l'âme la plus héroïque, et répandent leur influence oppressive sur l'esprit le plus libre et le plus fier. Dans ces moments où l'homme semble se rapprocher davantage de la condition commune à sa race, le passé se présente à lui comme un de ces songes dont le réveil ne dissipe qu'à demi les illusions fantastiques ; alors il mesure d'un œil effrayé les longs intervalles que l'infortune a remplis dans son orageuse destinée. Souvent il semble prêt à succomber sous le poids

1. 4

qui l'accable ; victime sans défense, il tombe sous les coups du sort, et il ne sent pas même, tant son cœur est serré, tant son imagination est anéantie, que l'avenir a des secrets impénétrables pour guérir les blessures du passé. Le pire de tous les maux est celui qui nous fait oublier l'espérance.

Il est d'autres hommes qui, à cette heure douloureuse où ils sont condamnés à juger toute l'étendue de leurs peines, se complaisent à les compter pour se familiariser avec elles. L'amertume de leurs chagrins donne à leur esprit une force nouvelle ; leurs lèvres froissées par le sourire du dédain, leur front pâle et leurs regards agités attestent les combats auxquels ils se livrent avec leurs sombres pensées. Tout-à-coup l'enthousiasme l'emporte sur la douleur, et ils se relèvent préparés à lutter con-

tre leur destinée, et, dédaignant de
se plaindre, ils s'apprêtent à souffrir
encore ou à triompher.

Telle était à peu près la situation
d'esprit du noble jeune homme, cause
innocente de la disgrâce du brave
Guillot, et que nous avons momentanément abandonné à la fin du premier chapitre de cette histoire. Il était
demeuré auprès de la fontaine, qui,
entourée d'une belle plantation de
saules, offrait un abri commode et
agréable contre la chaleur du jour, qui
commençait à être excessive. Assis
sur les bords de la source qu'entou-
rait un gazon frais et verdoyant, il se
rappela, malgré lui, la scène imprévue dont il venait d'être témoin. Le
ton outrageant et dédaigneux de la
jeune personne qu'il avait sauvée d'une
catastrophe presque certaine l'avait
profondément blessé. Pour la première fois depuis qu'il était homme,

il comprit dans quel état de dégra-
dation il était tombé. Si cette idée
l'avait quelquefois occupé, sa géné-
rosité naturelle avait su voiler à ses
yeux ce que sa position présente avait
de triste et d'humiliant. Il pensait que
les malheurs de sa famille, dont il
n'avait conservé que le nom, étaient un
titre au respect de ses concitoyens; il
était presque fier d'une naissance que
les révolutions politiques de son pays
avaient dépouillée de tous les avantages de la fortune.

—Un autre, se disait-il, habite, il est
vrai, dans la maison de mes ancêtres;
il est riche d'un bien que, d'après les
lois ordinaires de la vie sociale, j'é-
tais destiné à posséder. Je n'ai sur la
terre que quelques amis presque aussi
pauvres que moi; mais je leur dois
un bien qui vaut mieux que la fortune et que toutes les distinctions humaines, l'exemple de toutes les ver-

tus et une éducation qui me met à même d'entrer dans la société pour y reconquérir les avantages que j'ai perdus.

Ce sentiment, qu'avaient entretenu jusqu'à ce jour dans le cœur d'Édouard les prévenances des hommes simples et bons parmi lesquels il vivait, ne pouvait plus désormais le consoler. Le voile avait été brusquement déchiré, et il jugea tout-à-coup que la société ne tenait aucun compte des sacrifices personnels; qu'elle n'attachait point son estime à la vertu et au courage, mais que, cruelle et légère, elle n'offrait de charmes qu'à l'homme riche et ne respectait que des dehors de convention. Il ne se trompait pas: la société, qui a fait des lois pour punir le crime, n'en a point fait pour récompenser la vertu; et tandis que sa morale publique vante les belles actions, exalte les beaux ca-

ractères, elle incline son front devant
le char du riche insolent que l'intrigue, le hasard, et plus souvent des
actions infâmes ont tiré d'un rang
obscur où il eût été honnête, mais
oublié. C'est ainsi que les hommes
ont tacitement accordé une prime
d'encouragement au vice heureux.

Ces idées désolantes par elles-mêmes le sont encore davantage quand
un évènement personnel vient, pour
ainsi dire, nous les rendre palpables.
Elles produisaient dans Édouard un
changement brusque et violent dont
il s'épouvantait lui-même : l'indignation qu'il éprouvait ne se manifestait en lui que par de profonds soupirs ; mais le trait avait pénétré
jusqu'à son cœur, et, loin de vouloir
l'en arracher, il ne trouvait de soulagement qu'en le retournant dans la
plaie.

Des plis nombreux étaient venus

obscurcir la beauté de son front large
et découvert ; ses sourcils noirs et
épais s'étaient repliés sur ses yeux
ardents, mais dont la fixité avait,
dans ce moment, quelque chose du
délire de la colère. Sa noble tête,
dont le vent agitait les longs cheveux, reposait sur une de ses mains,
tandis que l'autre était abandonnée
à son compagnon de chasse, à son
chien fidèle, qui la léchait en faisant
entendre un petit grognement sourd
et plaintif comme s'il eût compris les
cruelles pensées qui agitaient son
jeune maître. Le murmure de la
source, le silence qui régnait dans ce
lieu, semblaient d'accord avec les mé-
ditations d'Édouard, et cependant
un orage terrible grondait dans son
cœur. Dans le recueillement mélancolique et sombre où il était plongé,
il n'aperçut point une femme cour-
bée sous le poids de l'âge, et qui,

l'ayant reconnu de loin, s'en était
approchée aussi vite que le lui per-
mettaient la pesanteur de ses jambes
et le bâton qui leur servait d'aide.

—Oui, murmura Édouard, vous
me le disiez bien, mon respectable
bienfaiteur, les distinctions sociales
ne s'attachent point à l'homme qui
ne s'en est pas rendu indigne. Ces
haillons qui me couvrent ne permettent point de reconnaître en moi le
fils de mon père, bien qu'aucune action méprisable ne m'ait dépouillé du
rang que tenait ma famille. Insensé!
pourquoi me plaindre? Cette femme
insolente a oublié, au milieu du luxe
qui l'environne, que son grand-père
était le meunier du mien. Elle est
entourée d'égards et de respects, et
elle a le droit de s'étonner que quelqu'un se croie son égal.

—Sainte Vierge! dit tout bas la
vieille femme, le fils de mon maître,

rêve tout éveillé... Oui, il rêve, le
brave jeune homme, à des temps plus
heureux.

— Ma position n'est pas tenable,
continua Édouard; j'ai supporté le
malheur, mais le mépris... Que Dieu
me pardonne mon orgueil! Il est une
noble manière de me venger. Oui,
je perds des années précieuses, et il
est temps que je prenne un parti...
J'espère que M. Manuel y consen-
tira... Mais Cécile, pourrai-je m'en
éloigner? Eh! quel est donc mon espoir? je ne suis pas même un parti
pour elle, et si elle consentait à m'é-
pouser, dans quelle maison condui-
rais-je ma compagne? Je n'ai rien!...
rien!... Oui, je partirai; je quitterai ce
pays, où je ne sais quel charme cruel
m'a retenu jusqu'à ce jour. Je puis
entrer au barreau...pourquoi pas dans
l'armée? je commencerai comme celui
qui a acquis les biens de mes pères;

je serai soldat aussi... Mais les temps
sont bien changés...

A ces mots il saisit son arme, et se
releva brusquement ; la vieille femme
poussa un cri ; elle était à genoux
auprès de la source, et Édouard vola
près d'elle et lui donna la main.

— C'est vous, ma bonne mère ! s'é-
cria-t-il. Comment avez-vous pu arriver si près de moi sans que je vous
entende ?

— Vous parliez tout seul, Monsieur Édouard, dit la vieille femme ;
et je n'ai pas voulu vous interrompre ;
mais, que la sainte Vierge nous assiste,
je ne vous ai que trop entendu. Vous
voulez partir, Monsieur Édouard, vous
voulez nous abandonner. Vous pouvez bien dire, si le bon Dieu ne vous
inspire pas d'autres pensées, que le
jour où vous vous en irez, je m'en
irai aussi, mais là-haut, là-haut, où
vous voyez une grande croix.

— Allons, dit Édouard avec douceur, ce n'est pas bien, ma bonne
mère Besson, d'écouter ainsi les gens,
et de se fâcher de ce qu'ils ont pu
dire dans un moment de chagrin.

— Je vous écoutais bien malgré
moi, Monsieur Édouard, et je me suis
mise à prier Dieu pour vous.

— Je vous en remercie, ma bonne
mère. Appuyez-vous sur mon bras, je
vais vous reconduire chez vous, et
vous me donnerez une tasse de lait
chaud, suivant votre habitude. Ah !
j'espère que vous n'êtes plus fâchée
contre moi.

— Votre bras, Monsieur Édouard !
cela est-il dans l'ordre ?

— Allez-vous encore me parler de
l'ancien régime, mère Besson ? reprit
Édouard ; nous sommes tous égaux ;
je l'espère, du moins !

— Dire que c'est le fils d'un seigneur qui parle ainsi ! dit la vieille

femme en soupirant ; aussi tout va
bien aujourd'hui, on ne respecte plus
personne, et je parie que celui qui
est là-haut sur la colline, ajouta-t-elle
en désignant le château, aurait de la
peine à vous lever son chapeau.

—Je crois que vous gagneriez, ma
bonne mère, répondit le jeune homme
en riant ; mais j'ai des raisons importantes pour que vous ne me parliez,
ce matin, ni de celui qui est là-haut
sur la colline, ni du temps des seigneurs.

— Je suis votre servante, Monsieur Édouard ; j'ai été la nourrice de
votre père, et je suis faite pour vous
obéir. Mais si vous saviez ce qu'on
m'a fait !...

— Ce qu'on vous a fait ! quelqu'un
vous a-t-il manqué de respect ? Je voudrais voir cela ! s'écria Edouard avec
autant de chaleur que d'intérêt.

— Ah! Monsieur le comte, pardon,

Monsieur Édouard, vous ne voulez pas
qu'on vous donne un titre qui vous appartient ; mais, du temps de votre père,
que Dieu le bénisse le bon seigneur
qu'il était ! on n'aurait point empêché
une pauvre veuve de mener ses vaches
dans le pré des Sarrasins comme vous
savez qu'on appelle la grande prairie
qui appartenait autrefois à votre famille.

—Ma bonne mère, reprit Édouard,
ne vous est-il donc pas possible de me
parler de vos affaires, qui m'intéres-
sent beaucoup plus que les miennes,
sans me rappeler des choses qu'il faut
absolument oublier ?

— C'est bien la vérité, Monsieur
Édouard, puisque c'est la volonté de
Dieu. Matthieu, qui est maire et général ;
général, Monsieur Édouard, moi qui l'ai
vu pas plus haut que ce buisson, et ve-
nant voler des œufs dans le poulailler
du château : cela ne fait-il pas frémir ?

—Non, ma bonne mère, M. Matthieu, comme vous l'appelez, avait
beaucoup de mérite personnel, et il est
devenu riche et puissant, dit le jeune
homme à demi-voix, et renonçant probablement à l'invitation qu'il avait
faite à la vieille femme de ne plus
parler des anciens temps , dans la
crainte qu'elle n'achevât pas de l'in-
struire du sujet de ses plaintes.

—C'est égal, Monsieur Édouard, je
ne suis pas la seule dans tout le pays qui
puisse en dire autant. M. Matthieu ne
veut plus que mes vaches entrent dans
le pré des Sarrasins ; croiriez-vous
qu'il avait donné ordre à Guillot de
les saisir et de me mettre à l'amende?

—De vous mettre à l'amende, vous,
mère Besson !... C'est une infamie
dont j'aurai raison, dit Édouard. Ce
pré n'appartient qu'à la commune, et
par conséquent vous avez le droit d'y
mener vos vaches; je m'informerai de

cela, ma bonne mère. Mais j'espère
que Guillot s'est bien conduit dans
cette affaire ?

— Vous pouvez bien en faire serment, Monsieur Édouard, il n'a pas
voulu saisir les deux pauvres bêtes, que
je n'ose plus laisser sortir de l'étable,
car elles ont l'habitude d'aller dans le
maudit pré, et je ne suis pas assez forte
les retenir.

— Ma bonne mère, s'écria Édouard,
demain vous mènerez vos vaches dans
le pré des Sarrasins ; je vous réponds
qu'elles seront bien gardées ; et malheur à quiconque voudrait vous en
empêcher !

— Que Dieu vous bénisse ! dit la
vieille femme en faisant un signe de
croix ; j'ai cru que j'entendais votre
père ; on dirait que c'est le brave
comte lui-même qui vient de me donner cet ordre. Mais au fond, Monsieur
Édouard, il n'y a peut-être rien de bon

à vouloir lutter contre ceux qui ont la force en main, puisque c'est la volonté de Dieu. Ce furent là les dernières paroles que j'entendis prononcer par votre digne père, le jour où le château fut pillé.

— N'importe, répondit Édouard; il ne sera pas dit qu'un maire s'arrogera le pouvoir de priver les pauvres habitants du pays d'un droit qui leur appartient et qui est d'autant plus sacré. Vous ferez sortir vos vaches, ma bonne mère, et nous verrons ! ...

Ils étaient arrivés à la porte d'une petite maison couverte en chaume, dans laquelle ils entrèrent. Édouard, violemment agité, se promenait à grands pas dans toute l'enceinte étroite, tandis que la vieille femme lui préparait une tasse de lait. Elle aimait tendrement le fils de son ancien maître, qui la visitait fréquemment. Mais c'était surtout durant les longues soirées de l'hiver qu'on était sûr de trou-

ver Édouard assis à côté d'elle auprès de
son foyer. Geneviève Besson avait comme toutes les femmes de son âge la
mémoire ornée d'une foule de vieilles
légendes romanesques, que le jeune
homme se plaisait à entendre raconter;
mais elle connaissait surtout parfaitement l'histoire de l'ancienne famille
dont Édouard était le dernier rejeton.
Bien qu'il eût été élevé dans des principes peu d'accord avec les anciens
préjugés, comme le lecteur a déjà pu
s'en apercevoir, la situation dans laquelle il se trouvait lui faisait trouver
un charme inexplicable dans les souvenirs de cette femme fidèle et dévouée.
La mère Besson avait encore un grand
avantage sur les femmes de sa classe;
elle avait long-temps habité le château, et son éducation s'en était res-
sentie, de façon que sa conversation
n'était point désagréable, et que d'ailleurs son enthousiasme donnait à ses

1. 4.

récits une couleur vraiment originale.
L'imagination vive et un peu roma-
nesque de notre héros était facilement
séduite par des narrations ornées de
tous les préjugés des vieux temps.
Mais, dans ce moment, l'agitation qu'il
éprouvait ne lui aurait pas permis
d'écouter avec son zèle accoutumé les
anciennes histoires de la mère Besson.

— Vous ne voulez donc pas vous asseoir, Monsieur Édouard? dit-elle en
servant une jatte de lait sur la grande
table en noyer, qui est le meuble
principal d'une ferme dauphinoise.
Prenez une chaise, je vous prie, je
vous raconterai quelque chose.

— Merci, ma bonne mère, merci,
répondit Édouard en souriant tristement; une autre fois j'écouterai l'histoire de Geoffroi *Côtes-de-Fer*, ou celle
de la dame de *Valfroide*, ou celle qu'il
vous plaira de me dire; mais aujour-
d'hui j'ai autre chose à faire.

— Viendrez-vous me voir ce soir, Monsieur Édouard, si je devine où vous allez dans ce moment? Je parie que ce n'est pas bien loin de la ferme de Bernard, si ce n'est pas à la ferme même?

— Vous avez deviné, ma bonne mère; oui, je vais à la ferme, voici l'heure où je donne une leçon à Cécile.

—Prenez garde, Monsieur Édouard, dit la vieille en hochant la tête; Cécile Bernard est une honnête jeune fille, sans doute, mais vous êtes jeunes tous deux, et la dernière fois que vous avez été passer huit jours à Grenoble, je vis à la messe de paroisse qu'il y avait des pleurs dans ses yeux, et que ses belles couleurs étaient un peu fanées. Prenez garde, Monsieur Édouard !

—Vous avez remarqué cela, ma bonne mère? dit le jeune-homme en tressaillant de joie; eh bien! il faut que je vous embrasse. Adieu, mère Besson : à ce soir.

Édouard s'éloigna précipitamment et fut en peu de temps près d'une vaste ferme où tout respirait l'aisance et un ordre fait pour la conserver. Le corps de logis, les bâtiments d'exploitation qui en dépendaient occupaient une colline beaucoup moins haute que celle sur laquelle s'élevait le château, mais elle dominait le village et ne faisait point partie de la longue rue qui contient à peu près toute sa population. On arrivait à la principale entrée de la ferme par une belle avenue de mûriers qu'à cette époque on commençait à dépouiller de leurs feuilles pour nourrir l'insecte précieux qui nous donne de la soie. La grande porte cochère en bois de chêne massif, et aux montants de laquelle étaient cloués, suivant l'usage, des oiseaux de proie, dont les cadavres emplumés attestaient

l'adresse des fils du fermier) s'ouvrait
sur une vaste cour, au milieu de laquelle, dans une mare épaisse et fétide,
barbotaient une nuée de canards et
d'oies domestiques, commensaux de la
ferme; les instruments de labourage,
tels que les herses, les charrues et
les voitures à larges roues, étaient ran-
gés avec soin sous les hangars bâtis
autour de la cour. Mais, du côté opposé, on n'apercevait sur la colline
que la façade de l'habitation du riche
fermier, dont les volets rouges et les
carreaux en verre annonçaient aux
passants qu'ils décoraient la demeure
d'un citoyen habitué aux aisances de
la vie. Les petits vauriens du pays et
les pauvres paysans des environs appelaient cette rustique habitation le
château-Bernard, car, sans parler des
martinets et des hirondelles qui ni-
chaient dans les combles, ni plus ni
moins que si la maison eût appartenu

à un seigneur, dans l'intervalle des croisées on voyait une montre solaire avec cette épigraphe latine : *Soli soli soli* (1) ; et au-dessous de l'aiguille, ces mots non moins éloquents, *Barginet, civis gratianopolitanus, fecit.* Je suis bien aise de prévenir le lecteur que je n'ai pas vu sans une sorte de joie la même inscription au bas de toutes les montres solaires des environs de Grenoble, car elles sont l'ouvrage de mon ingénieux et respectable aïeul.

Ce fut de ce côté que se dirigea Édouard, après avoir brusquement quitté l'allée de mûriers et suivi un sentier pratiqué entre deux haies vives et qui aboutissaient à un jardin où la laitue, le chou et la betterave tenaient la place de ces arbustes rares qui embellissent les parterres du riche oisif. Cependant autour d'un pa-

_____

(1) Au seul soleil de la terre.

villon dont une jalousie verte à l'es-
pagnole garantissait l'intérieur des
rayons du soleil, un espace carré
d'environ vingt pas d'étendue paraissait cultivé de manière à offrir un
coup d'œil plus agréable. Des petits
arbres fruitiers *couronnés* avec art,
des pêchers et des vignes plantés en
espaliers étaient habilement entre-
mêlés aux rosiers et aux jasmins ; et
les plates-bandes garnies de violettes
et d'œillets offraient une réunion va-
riée de fleurs de toutes les saisons.
Édouard s'arrêta un moment à quelque pas de la jalousie et parut écouter avec un délice inexprimable les
sons harmonieux d'un piano, auxquels se mariaient les accents d'une
voix douce et flexible.

La chienne de chasse qui accompagnait Édouard avait apparemment
contracté l'habitude de précéder son
maître dans le pavillon, car elle s'é-

lança vers la croisée avec autant de rapidité que sur une bête dont elle aurait long-temps suivi le pied.

Ici, Bellone! ici, drôlesse! dit Édouard à voix basse en s'appuyant sur son fusil; ne détruis pas si vite un bonheur dont je n'ose jouir en sa présence.

Mais il n'était plus temps; la musicienne s'attendait probablement à la visite d'Édouard; la jalousie fut tirée et la porte ouverte presqu'au même instant. Bellone devança son maître dans l'intérieur du pavillon, en s'élançant au travers de la croisée; elle avait pour cela d'excellentes raisons, car deux jolies petites mains caressèrent aussitôt ses longues oreilles pendantes, et firent tomber dans sa gueule quelque friandise mise en réserve pour elle. Édouard fut accueilli par un : Ah! bonjour donc, Monsieur Édouard; comment vous

portez-vous ? prononcé par une voix
qui ne ressemblait point à celle que le
jeune homme avait écoutée avec tant
de plaisir, et sa main fut cordialement
serrée dans une large paire de te-
nailles humaines que de pénibles et
longs travaux avaient recouvertes
d'une peau rude et noirâtre.

Il est inutile de dire maintenant au
lecteur que deux personnes de sexe
différent se trouvaient dans le pavillon au moment où Édouard y entra.
Mais tandis qu'il dépose dans un coin
de l'appartement son fusil à deux
coups et qu'il se débarrasse de sa gibe-
cière, notre intention est de faire, suivant notre usage, un portrait à la hâte
de ces personnages nouveaux, qui, si
nous sommes bien informé, doivent
jouer un rôle important dans le cours
de cette histoire.

M. Jacques Bernard, l'un des plus
riches fermiers de la Vallée de Voiron,

et propriétaire de l'habitation que nous avons en partie décrite, est un beau vieillard d'environ cinq pieds et huit pouces ; ses cheveux, aussi blancs que la neige, tombent par-derrière sur une veste en velours olive ; ses traits, dont on pourrait se servir pour peindre la franchise et la probité, respirent encore la force et la santé ; mais on remarque dans la partie la plus saillante de son visage quelques taches d'un rouge plus vif que les couleurs vermeilles de ses joues, et qui n'annoncent pas dans l'honnête fermier un usage bien scrupuleux des lois de la tempérance. Ces rubis tant vantés par les poètes ivrognes, depuis Anacréon jusqu'aux membres du Caveau moderne, ne sont point accompagnés, chez M. Bernard, des autres signes auxquels on reconnaît l'habitude de la débauche ; au contraire, malgré son âge avancé, ses lèvres, qu'entr'ouvre souvent un gros rire, laissent apercevoir deux rangées de dents qu'on suppose, d'après l'air de bonne humeur de leur heureux possesseur, devoir être souvent aiguisées par un excellent appétit. M. Bernard porte les antiques *brayes* dauphinoises, faites du même velours que sa veste; et ses jambes, qui ont conservé ces formes nerveuses et charnues jadis l'orgueil de nos mères, et que l'invention des pantalons a fait tomber dans un discrédit total, sont recouvertes par de longues guêtres grises attachées au-dessus du genou par des jarretières rouges. Cet extérieur respectable, et qui rappelle encore une jeunesse vigoureuse et un ami de ses plaisirs, m'a fait souvent ajouter foi à certains propos que les mauvaises langues du pays se permettent sur le digne fermier, c'est-à-dire que feu madame Bernard eut souvent à se plaindre

d'avoir épousé le plus beau garçon
du village, et un bon vivant, toujours
prêt à jouer des mains avec les maris, et à dire un mot de douceur à
toutes les femmes.

Si quelque chose pouvait faire supposer à un étranger que M. Bernard
est l'heureux père de cette jeune fille
aux yeux bleus, au maintien doux et
modeste, ce serait certainement l'air
de simplicité et de gaieté naïve ré-
pandu dans ses traits charmants. Du
reste, mademoiselle Cécile, qui paraît
avoir environ dix-sept ans, est d'une
taille peu élevée, d'une complexion
délicate; mais elle est vive et accorte,
comme aurait dit un ménestrel des
anciens temps. Née à la campagne et
au milieu d'une famille laborieuse, on
voit qu'elle a été de bonne heure
l'objet des prévenances et des soins
de ses parents. Les rayons du soleil
n'ont jamais altéré les lis de son teint;

son pied délicat n'a jamais été offensé
par un soulier ferré; la bure n'a jamais nui aux grâces de sa taille, dont
une légère robe d'indienne et un ta-
blier de soie noire dessinent beaucoup mieux les contours. Un artiste
distingué n'a point fait un ridicule
échafaudage de sa longue chevelure
châtaine, séparée sur le front en deux
parties égales qui forment la figure
d'un accent circonflexe; ses cheveux,
qui font ressortir la blancheur de sa
peau, donnent ainsi à sa physionomie une couleur virginale. Mademoiselle Cécile, telle que nous avons essayé
de la dépeindre, n'est point une de
ces beautés superbes qui excitent
l'admiration, c'est la plus jolie fille du
pays; c'est une fleur des montagnes.

Quand M. Bernard rentre inopi-
nément chez lui ou que quelque affaire l'y retient, son bonheur est de
venir admirer un moment sa Cécile;

il s'assied dans un fauteuil qu'on a
fait placer pour lui dans le pavillon,
et il l'examine dans toute l'ivresse de
la joie paternelle. Si par malheur Cécile est à son piano, le bon père entre sur la pointe des pieds et se place
en silence sur son siége favori. A
peine ses doigts légers ont-ils parcouru les touches en faisant entendre
ces accords placés ordinairement à la
fin d'un morceau, qu'un hem! sonore
et un rire de satisfaction annoncent
à Cécile que son père est auprès d'elle.
Légère comme l'alouette, à laquelle
le bon fermier se plaît souvent à la
comparer, elle vole aussitôt dans ses
bras, s'assied sur ses genoux, essuie la
sueur qui coule de ses cheveux blancs,
et couvre de baisers ses joues brûlée
par le soleil.

Il paraîtra peut-être étrange à beaucoup de lecteurs, surtout à ceux qui
seraient doués du caractère et de l'ex-

périence du célèbre héros du *Voyage
à Saint-Cloud*, que la fille d'un fermier se donne les airs prétentieux
qu'on tolère à peine à Paris dans la
fille d'un portier de bonne maison.
Ceci mérite une courte explication.
L'aspect de nos campagnes est considérablement changé depuis long-temps,
et l'état moral de ses habitants ne
s'est pas moins amélioré. A l'époque
où l'on a placé les évènements de cette
histoire, un ministère oppresseur et
déloyal s'efforçait en vain d'arrêter
ce mouvement général de progression
que les ennemis les plus invétérés
de la France sont forcés de reconnaître et d'admirer. Il n'est pas rare de
trouver aujourd'hui des connaissances, qu'on peut considérer comme su-
perflues dans beaucoup de cas, parmi
les personnes qui appartiennent à une
classe déshéritée jusqu'à nos jours des
bienfaits de l'éducation et des lumiè-

res. Ceux qui ont parcouru la carte
noire et blanche de M. Dupin le
savant se rappelleront que le Dauphiné y est classé sous cette dernière
et honorable couleur, et ce n'est pas
sans un vif sentiment de satisfaction
que j'ai eu l'occasion, il y a peu de
temps, de m'assurer par moi-même,
de l'état prospère des connaissances
utiles dans notre pays. A part cette
circonstance, les talents de Cécile
s'expliqueraient facilement : ces talents, dont son petit amour-propre était,
en secret flatté, étaient le fruit des leçons de M. Édouard. Le professeur et
l'élève travaillaient avec tant de zèle et
d'exactitude, l'un avait tant de patience, l'autre tant de docilité, que
l'éducation de mademoiselle Cécile
ne doit plus être un sujet d'étonnement. Enfin, il nous reste à faire observer ici, pour désarmer le lecteur le
moins facile à convaincre, qu'un fer-

mier n'est pas précisément en Dauphiné, l'agent intéressé d'un propriétaire ; on y appelle ferme toute espèce
d'exploitation rurale, et la dénomi-
nation de fermier se donne à tous les
citoyens des campagnes qui font valoir
eux-mêmes leurs propriétés. C'est
dans cette dernière acception que nous
l'avons jusqu'à présent appliquée à
M. Jacques Bernard, qui cultive le
bien de ses pères, augmenté par son
industrie, et qui ne doit compte à personne de ses travaux. Nous espérons
maintenant n'avoir plus besoin d'interrompre notre récit par des digres-
sions de ce genre.

— La chasse a-t-elle été heureuse,
Monsieur Édouard ? dit le fermier
quand le jeune homme eut répondu à
sa politesse et salué Cécile ; je parie
que non ; au surplus, c'est un meurtre
de chasser le lièvre au mois de mai.

— Aussi suis-je décidé à y renoncer, Monsieur Bernard; les leçons que mademoiselle Cécile veut bien me permettre de lui donner gagneront, je l'espère, à cette résolution.

— Pardon de toutes les peines que vous prenez, Monsieur Édouard, répliqua le fermier; mais vous l'avez absolûment voulu, et qui diable songe à vous contredire? Au surplus, je crois que la petite mijaurée profite de vos conseils, n'est-ce pas, Monsieur Édouard? Ah! ma foi, elle a plus d'esprit que son père, quoique depuis la mort de ma femme il y ait bien des choses à dire relativement à la basse-cour et aux autres soins du ménage. Mais, bah! après tout, ce n'est pas sa faute, Monsieur Édouard; les enfants sont ce que nous les faisons, et pourvu que ma petite alouette gazouille à son aise, nous tâcherons que tout le reste aille bien, sarpedieu!

— Vous avez toujours été bon pour

moi, mon père, dit Cécile en baissant les yeux ; mais il ne faudrait cependant pas abuser de la complaisance de M. Édouard, et je ne voudrais pas qu'il me sacrifiât ses plaisirs.

— Ouais ! qu'il me sacrifie ses plaisirs, reprit le fermier en cherchant à imiter la douce voix de sa fille : ta, ta, ta, n'écoutez pas un mot de cela, Monsieur Édouard ; vous connaissez ma franchise, et je sais apprécier la vôtre : quand cela vous déplaira, ce sera une affaire finie. Je n'en serai pas moins reconnaissant de tout ce que vous aurez fait pour ma fille. Quant à elle, voyez-vous, cela lui ferait bien de la peine ; et je connais quelqu'un qui a déjà soulevé plusieurs fois les planches de la jalousie, et ce n'était pas pour savoir s'il fait beau.

— O mon père ! murmura Cécile en rougissant davantage.

— Mon cher Monsieur Bernard,

répondit Édouard qui ne voulait point
abuser des avantages que le digne fermier lui donnait, mademoiselle ne
me rendrait pas justice si elle supposait qu'il existe pour moi un plaisir
plus doux que celui de lui être agréable. Si jamais, ce qu'à Dieu ne plaise, je
me voyais forcé de discontinuer mes visites, il faudrait en accuser des circonstances qui me seraient bien pénibles.
— Alors n'en parlons pas, Monsieur
Édouard, reprit le joyeux fermier. Je
parie que je vous gêne ici, car vous
allez parler de choses que je ne comprends guère. Je ne sais rien, Monsieur Édouard, que un et un font deux,
et cependant du diable! si je prends des
écus rognés pour des bons. Ah çà! il
faut que je retourne auprès de mes travailleurs, vous serez des nôtres à sou-
per ce soir, n'est-ce pas, Monsieur
Édouard? Oui, cela va sans dire; en
passant je dirai deux mots au presby-

tère, et j'espère que M. le curé nous fera le même honneur. Je promettrai au bon M. Manuel de ne pas jurer sarpedieu! et de ne boire qu'une bouteille.

Malgré son âge et l'obésité qui gênait jusqu'à un certain point les mouvements de M. Bernard, il se leva avec la promptitude d'un jeune homme, sans attendre la réponse d'Édouard, qu'il avait eu soin de faire lui-même; mais c'était une de ses façons d'agir, et dans ce cas-là il n'y avait pas moyen d'être d'un avis opposé au sien. Il embrassa sa fille, serra la main à Édouard, mit sur sa tête son large chapeau, et sortit aussitôt.

Édouard demeura un moment pensif et les bras croisés sur sa poitrine à la place qu'il occupait; la pâleur qu'une violente agitation morale avait répandue sur son front ne s'était pas dissipée. La situation d'esprit du jeune homme ne pouvait échapper à Cécile, qui avait été alarmée beaucoup plus que son père de quelques paroles échappées à Édouard quand il avait fait allusion à la cessation possible de ses visites. Elle jeta sur lui un de ces regards qui servent si bien la sagacité des femmes, et elle l'examina avec une vive inquiétude en plaçant devant lui une petite table en acajou chargée de livres et de cahiers manuscrits.

—Bien, Cécile! dit Édouard avec distraction; je vous demande pardon de ne vous avoir pas évité cette peine. C'est le jour que nous consacrons à l'histoire, je crois. Où en sommes-nous restés à notre dernier entretien? n'est-ce pas à Charlemagne?

—Non, Monsieur, répondit Cécile; quoique Pépin fût fort petit, comme le prouve son surnom, il tient cependant une assez grande place dans l'histoire pour que nous ne passions pas si légèrement sur son

règne. Mais qu'avez-vous, Monsieur?
continua-t-elle du ton du plus vif intérêt ; qu'avez-vous, Édouard? N'allez pas me faire une réponse évasive ;
j'ai remarqué votre embarras pendant
que mon père vous parlait... Vous
êtes triste, et je crois que vous êtes
plus pâle qu'à l'ordinaire.

— Je ne vous cacherai rien, Cécile,
dit Édouard dont la voix était sensi-
blement altérée ; j'ai éprouvé aujour-
d'hui une de ces contrariétés à laquelle
tout autre aurait à peine fait attention,
mais qui est beaucoup pour moi. Cela
ne sera rien, Cécile ; j'oublierai sans
doute cet incident désagréable. Continuons notre leçon.

— Et ne serez-vous pas assez bon,
Édouard, pour me faire connaître le
sujet de votre chagrin? reprit Cécile
en tremblant et à demi-voix.

— Non, Cécile, non, répondit le
jeune homme en souriant tristement;

un jeune homme s'affecte souvent pour des causes légères ; et d'ailleurs, Cécile, cette confidence n'aurait d'autre résultat que celui de me rappeler une circonstance pénible qui commence à sortir de ma mémoire.

—Ce qui est vrai pour d'autres jeunes gens, Monsieur, ne l'est pas pour vous. Je sais bien que vous craignez de m'affliger en me faisant part du sujet de vos peines ; eh bien ! Monsieur, votre réserve m'est encore plus pénible. Édouard, ajouta la jeune fille, combien je vous trouve changé !

— C'est la vérité, Cécile, répondit Édouard ; et un soupir long-temps retenu sortit avec effort de sa poitrine.

—Mon Dieu ! Édouard, que vous me faites souffrir aujourd'hui !

— Oh ! Cécile, s'écria le jeune homme avec chaleur, que ce Dieu que vous invoquez me punisse s'il est vrai que je puisse vous causer le plus léger tourment; il sait que ce n'est pas mon intention. La mort! Cécile, la mort! je la préférerais à cette idée qui empoisonnerait tous mes instants. Il est vrai que je suis changé, je ne saurais le nier; mais vous-même, Cécile?...

Un geste qu'il fit avec sa main en plaçant l'autre sur son cœur acheva sa pensée. La jeune fille timide et embarrassée baissa les yeux en rougissant; elle chercha d'une main tremblante un livre parmi ceux qui étaient sur la table, et elle soupira profondément à son tour.

— Continuons notre leçon, dit-elle enfin avec émotion, Monsieur Édouard, puisque je ne puis obtenir aujourd'hui votre confiance.

—Je le veux bien, Cécile, répondit Édouard d'une voix dont le calme était démenti par la pâleur de ses traits et le frémissement de ses lèvres.

— Nous sommes arrivés à cette

1.   5.

époque, reprit Cécile, où le jeune et malheureux Childéric III allait être dépouillé même du titre de roi que le puissant Pépin lui avait laissé par politique. Tenez, Édouard, malgré les talents que l'histoire suppose dans le chef de la seconde race, je ne puis songer sans douleur au sort du jeune monarque dont il usurpa la couronne. Il fallait que les Français d'alors fussent bien peu généreux pour laisser ainsi avilir le descendant de leurs premiers princes. Pauvre jeune homme! On le tondit, suivant un barbare usage du temps, il fut enfermé dans un monastère, où probablement on ne tarda pas à le faire mourir.

— Et ce fut un trait d'humanité de la part du rebelle qui l'avait dépouillé, répondit Édouard avec plus de chaleur que n'en exigent les paisibles fonctions du professorat. Oui, c'est une cruauté inutile que de laisser la vie

à ceux qu'on a privés de leur rang et
de leurs biens. Mais, écoutez, Cécile,
si vos sentiments vous font honneur,
ils ont cependant besoin d'être éclairés.
L'avénement de Pépin fut une révolution semblable à celle dont la
France sort à peine, et la déposition
de Childéric fut une nécessité politique. Il y a des circonstances où les intérêts fort respectables doivent fléchir
devant l'intérêt bien plus sacré de
toute une nation. Considérez, Cécile,
que les mœurs des Français étaient
changées depuis leur établissement en
France ; que la race de Clovis fût dé-
générée ou non, il n'est pas moins
vrai que les héritiers de son pouvoir
n'étaient plus assez forts pour lutter
contre l'esprit public. Childéric III,
jeune encore, et dont une politique
cruelle avait perpétué l'enfance, est
sans doute intéressant ; mais voyez, d'un
côté, ces maires du palais revêtus d'une

immense autorité; de l'autre, des seigneurs riches et puissants dont les pri-
viléges usurpés ne reconnaissaient de
bornes que leur audace; au fond de ce
tableau, le peuple foulé, méprisé par
les grands, toutes les lois violées et la
force faisant le droit, vous sentirez
alors que pour dominer cette anarchie
il fallut que Pépin s'emparât du trône,
où il n'était plus possible de laisser
des princes faibles et déconsidérés.

— Je n'oublierai certainement pas
ces réflexions un peu graves pour moi,
Édouard; mais il me semble que les
conséquences de votre raisonnement
seraient bien rigoureuses. Vous avez
comparé la révolution qui couronna
Pépin à la dernière révolution de notre pays. J'ai ouï dire, quoique nous
n'ayons point encore abordé ce sujet,
que lors de cet évènement qui chan-
gea les mœurs et les lois, un grand
nombre de nobles furent expulsés de

leurs biens, et que ces biens furent
vendus publiquement à l'enchère...
Pardon, Édouard... pardon, je crois
que je me trompe.

Cette réticence de Cécile lui fut
sans doute inspirée par l'effet alar-
mant que sa comparaison avait produit sur Édouard. Son front s'obscur-
cit, la pâleur de son visage sembla
augmenter, il frémit involontairement, et, se levant avec une sorte d'impatience et de mauvaise humeur, il
parcourut à grand pas l'intérieur du
pavillon. La naïve Cécile comprit
seulement alors qu'elle avait commis
une grande faute en rappelant à
Édouard des infortunes trop réelles;
elle ne pouvait soupçonner combien
devaient être amères pour lui, après
la scène dont il était encore agité, les
réflexions auxquelles elle venait de
se livrer. Mais l'émotion que le jeune
homme n'avait pu d'abord réprimer

ne fut pas de longue durée ; il reprit bientôt sa place en souriant à Cécile, qui avait croisé ses mains, et qui suivait ses mouvements d'un œil inquiet.

— Votre intelligence, Cécile, dit-il avec plus de solennité qu'il n'en mettait ordinairement dans ces doux entretiens, votre intelligence est cruelle, mais je dois vous en louer, quoiqu'elle ait rouvert une ancienne blessure. Il faut plus de courage et de vertu que Dieu ne m'en a accordé pour que l'homme puisse oublier ce qui lui est personnel dans les affaires de ce monde. Mais je ne reculerai pas pour cela, tout honteux que je suis de ma faiblesse, devant ce que vous appelez les conséquences rigoureuses de mon opinion. Oui, Cécile, sans approuver ni combattre le système de gouvernement qui s'établit lors de la révolution, dont les principes étaient si justes au fond, on peut dire que,

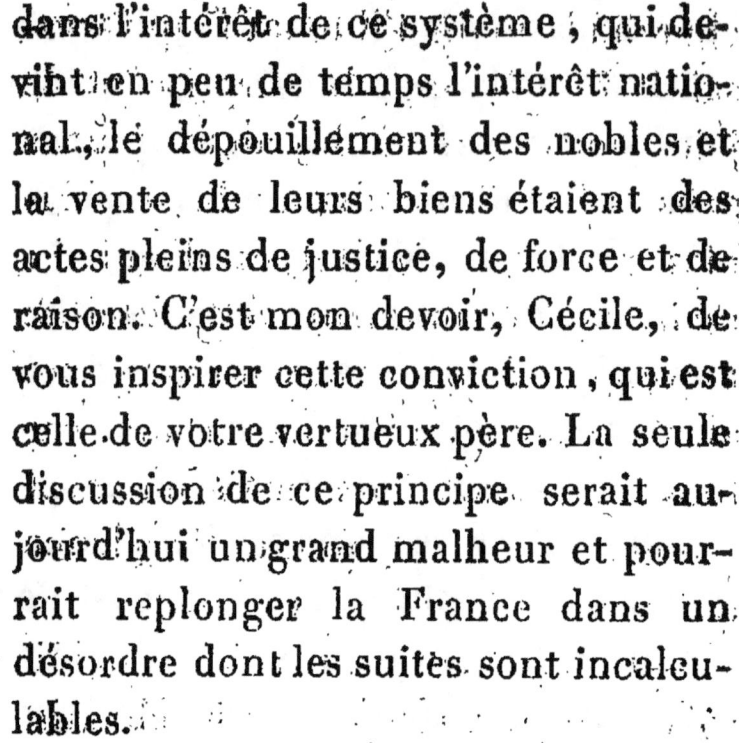

dans l'intérêt de ce système, qui devint en peu de temps l'intérêt national, le dépouillement des nobles et la vente de leurs biens étaient des actes pleins de justice, de force et de raison. C'est mon devoir, Cécile, de vous inspirer cette conviction, qui est celle de votre vertueux père. La seule discussion de ce principe serait aujourd'hui un grand malheur et pourrait replonger la France dans un désordre dont les suites sont incalculables.

Le généreux jeune homme cessa de parler, et en exprimant ces nobles pensées la sérénité la plus pure avait paru redescendre sur son front; il était calme et grave, et son élève, pleine de sensibilité et douée d'une raison forte et précoce, l'écoutait avec enthousiasme. Une larme coula le long de ses joues, et ce fut involontairement que sa main tremblante

chercha la main d'Édouard, qui tressaillit tout-à-coup de surprise et de
joie; souvent déjà les deux jeunes
gens s'étaient prodigué de semblables preuves d'intérêt et d'amitié ;
mais, dans ce moment, cette étreinte
naïve avait à leurs yeux un caractère
plus décisif ou plus important, car
tous deux silencieux, mais émus et
inquiets, n'osaient troubler le silence
qui régnait dans le pavillon.

—Édouard, dit enfin Cécile à demi-
voix, me pardonnez-vous le chagrin
involontaire que je viens de vous causer? dites, me pardonnez-vous?

— Oh ! ne retirez pas cette main,
Cécile, dont la pression délicieuse ferait oublier les plus cruelles infortunes. Le moment est venu où nous
devons mieux apprécier notre situation ; que Dieu me pardonne d'ou-
trager ainsi les droits de l'hospitalité
et de la confiance .. Cécile, je vous

aime... non plus comme une sœur,
comme une amie, ainsi que je l'ai
cru trop long-temps; je vous aime de
toutes les forces de mon âme, comme
on doit aimer son amante, son épouse;
je vous aime d'amour !...

La jeune rose pâlit; le doux incar-
nat de son teint fit place à la blancheur des marguerites des champs,
mais un sourire que la pudeur et
l'ivresse du bonheur semblaient se dis-
puter vint effleurer ses lèvres charmantes; son sein palpitait avec violence, et ses yeux, images fidèles de
la candeur de son âme, brillaient de
l'éclat le plus vif.

— Ne me dites pas cela, Édouard,
répondit-elle avec une sorte de crainte,
vous me feriez mourir...

— Et pourquoi aurais-je porté plus
loin une dissimulation dont le poids
m'accablait ?... O Cécile! depuis combien de jours je souffrais de trom-

per votre jeunesse! Je ne vous abordais qu'en tremblant; c'est même ce trouble mystérieux qui me révéla l'amour que vous m'inspiriez. Oui, quand je descendis dans mon cœur, j'y trouvai votre image; votre image adorée qui remplissait toutes mes pensées, dont je m'efforçais vainement de me distraire à la chasse, votre image qui m'occupait encore durant la nuit en me berçant de vaines mais bien chères illusions. Cependant, Cécile, en vous faisant cet aveu qui soulage mon cœur sans le guérir, je ne puis ignorer combien je suis coupable; vous m'avez été confiée par un père envers qui je sais que j'ai contracté, dès mon enfance, des obligations qui ne sont pas de nature à être récompensées autrement que par une reconnaissance éternelle et un respect sans bornes. Je suis du nombre de ces infortunés dont les maux vous ont ar-

raché des larmes ; né dans l'exil, j'ai
été élevé par charité....

— Édouard ! que dites-vous ? ô
mon Dieu !....

— La vérité, Cécile, oui, je dis la
vérité, et je ne rougis pas de mon
malheur. Ceux à qui je dois mon éducation ont poussé la vertu jusqu'à
l'héroïsme ; je saurai du moins vivre
ou mourir digne d'eux : je ne possède rien sur la terre que leur généreuse affection ; que Dieu les bénisse
autant que je les chéris! Hélas! tandis qu'on me croyait peut-être plongé
dans une apathie coupable, ou distrait par de vains amusements, soli-
taire et désolé, je gémissais en secret,
et je cherchais par quel moyen je
pourrais recouvrer une existence honorable et indépendante. Vous le di-
rai-je ? Cécile ! je n'ai pas eu la force
de quitter ce pays sans vous ouvrir
mon cœur ; cet effort, que l'honneur

mé commandait, m'a été impossible ; et il était la cause de mes irrésolutions. Maintenant tout est dit ; vous savez que je vous aime, que votre souvenir ne m'abandonnera jamais ; je fus l'ami de votre enfance, Cécile ; vous ne m'oublierez pas, je l'espère ; c'est tout ce que j'ose attendre de vous.

—Je ne sais si je veille, dit Cécile dont le visage était baigné de larmes ; est-ce vous, Édouard, qui me parlez dans ce moment?

—Oui, ma Cécile, répondit le jeune homme en couvrant sa main de baisers brûlants, et je vous parle sans doute pour la dernière fois ; et cependant, Cécile, une espérance vague, mais qui fait battre le cœur des plus doux pressentiments, accompagne toujours l'amour le plus insensé... Si votre voix... non, Cécile, non, je m'égare ; ne me dites rien,

pas un mot qui puisse me faire espérer; laissez-moi la consolation de
croire que vous serez heureuse sans
moi; qu'un autre règnera sur votre
âme si pure et si noble... Puissance
de Dieu! venez à mon secours pour
que cette idée ne me donne pas la
mort. Adieu, Cécile, vous m'avez vu
pour toujours...

— Oh! n'ajoutez rien à ces cruelles
paroles... Mon père saura tout...
Edouard, je sens que je vous aime...
oui, je vous aime d'un amour égal
au vôtre. Au nom du ciel, Édouard...
ne partez pas, ne me quittez pas!

CHAPITRE IV.

Premières peines du cœur. — Premières consolations.

Il avait appliqué un baiser brûlant sur la main tremblante de Cécile ; mais cette douce voix qui venait de révéler pour la première fois la faiblesse d'un cœur pur ne put le retenir. On aurait dit que son bonheur l'épouvantait ; il s'enfuit comme si l'aveu qu'il venait de recueillir d'une bouche adorée eût été pour lui la plus amère déception. C'est que le noble Édouard, élevé dans des principes sévères de délicatesse et d'honneur, se reprochait d'avance les funestes conséquences d'une passion dont aucune espérance ne colorait à ses yeux l'entraînement

imprudent. Bien résolu à mettre à
exécution les projets qu'il avait conçus
pour l'avenir, et de s'éloigner de Crossey pour jamais, si la fortune ne secondait point ses efforts, il allait emporter dans son exil volontaire la déchirante pensée que les jours de son
absence étaient comptés par quelqu'un et faisaient couler des larmes
qu'il ne pourrait essuyer. Cependant,
il faut le dire, une idée non moins
cruelle dominait peut-être malgré lui
son esprit agité. Si, demandant la
main de Cécile, ses vœux eussent été
comblés, n'aurait-il pas eu à rougir
devant trop de monde de sa profonde
indigence ?.... Il avait appris à juger
de quelle valeur étaient tous les préjugés de la société relativement à la
distinction des rangs, mais recevoir
de son épouse des moyens d'existence
qu'il ne pouvait lui fournir, c'était
pour lui le comble de l'humiliation.

— Non, disait-il dans sa douleur poignante et en s'éloignant à grands pas, non, jamais aucune de mes actions n'attirera la rougeur sur mon front. Je saurai supporter le malheur, je dois à mes infortunes une vie sans reproche, et je ne m'avilirai pas. Et cependant, ma Cécile, tu m'aimes aussi! Cela est donc bien vrai? Ce n'était point une illusion de mon amour qui me faisait lire dans tes yeux le secret de ma félicité!...

Cette pensée le rendait à toute l'ivresse d'un sentiment plus fort que son orgueil; il s'arrêtait alors et voulait retourner auprès de Cécile, se jeter à ses pieds, et la demander au bon fermier comme la compagne qu'il s'était choisie. Il ne voyait plus que Cécile affligée de la brusquerie de son départ, et se repentant peut-être de s'être montrée si facile quand il se montrait si peu jaloux du bonheur

dont elle lui avait donné l'assurance.
Mais enfin il avait démenti deux
fois en moins d'une journée cette
fermeté d'âme dont il se croyait doué;
c'eût été perdre sa propre estime que
de succomber une troisième fois. Il
prit donc le parti de suivre le premier plan qu'il avait formé. Il devait
aller à la ferme le soir même, et du
moins il ne verrait Cécile qu'en présence d'un grand nombre de personnes,
mais il avait besoin de la revoir encore pour lui dire un adieu pénible,
qu'elle lirait dans ses regards abattus.
Au moment où il se disposait ainsi
à se séparer de tout ce qu'il aimait sur
la terre, son cœur se brisa, la nature
reprit tout son empire et il versa d'a-
bondantes larmes qu'il alla cacher
dans l'obscurité des bois qui avoisi-
nent Crossey.

Cécile ne pouvait s'imaginer qu'É-
douard ne fût plus auprès d'elle; son

départ avait été si prompt et lui
paraissait si difficile à expliquer, que
dans le moindre bruit qui frappait
son oreille, elle croyait recueillir celui
de ses pas. Trompée dans son attente
et le front couvert d'une pudique tristesse, elle s'abandonnait aux premières
rêveries d'un amour partagé. Elle
voyait encore Édouard sur le siége
qu'il occupait un moment auparavant, elle lui parlait, lui faisait part
de la joie de son cœur, et souriait en
rougissant à celui qui depuis long-
temps remplissait toutes ses pensées.
Mais, hélas! Édouard ne pouvait lui
répondre, et la solitude du pavillon,
dans un moment où des émotions si
nouvelles agitaient son âme, lui causa
une sensation indéfinissable de tristesse et de crainte. Elle éprouva un
saisissement dont elle ne se rendait
pas compte, et qui ressemblait à ces
vagues pressentiments que dans le

mystère de sa puissance la nature inspire à l'homme, quand on dirait qu'elle veut lui révéler un avenir malheureux.

En regardant tristement autour d'elle, Cécile aperçut Bellone, qui, commensale tour à tour de la ferme et du presbytère, n'avait point suivi son maître, qui était sorti sans lui faire entendre, suivant l'habitude, le son de son sifflet d'ivoire. Ceux qui se souviennent de ce moment ineffable où l'aveu de leur premier amour tomba de leurs lèvres, où ils recueillirent celui de l'objet de leur tendresse, savent combien ils ont été faibles, et combien, après le temps des passions, ils se sont récriés contre ce qu'ils ont appelé la puérilité de leur jeune âge. La vue de ce fidèle animal remplit de joie la naïve Cécile; les battements précipités de son cœur devinrent moins douloureux sans cesser d'être moins

vifs; ils n'étaient plus des symptômes
de souffrance et d'affliction, mais les
impressions subites de l'espérance.

— Tu ne m'as pas quittée, Bellone, dit-elle en l'accablant de ses
caresses : est-ce donc pour me faire
comprendre que ton maître revien-
dra? Oh! sans doute ta présence est
d'un bon augure. Pauvre Bellone!
on dirait que tu m'entends, tes yeux
brillants sont fixés sur moi... A bas!
flatteuse que vous êtes... Vous dres-
sez l'oreille, quelqu'un vient... serait-
ce lui?

Les pas fermes et mesurés dont le
bruit avait attiré l'attention inquiète
de Bellone et cette remarque de
Cécile n'étaient point ceux d'É-
douard. La jeune fille avait repris sa
place accoutumée près de la fenêtre;
elle cherchait avec distraction sur une
chiffonnière un des ouvrages à l'aiguille dont elle avait l'habitude de s'oc-

cuper après les heures qu'elle con-
sacrait à l'étude. La porte du pavillon
s'ouvrit, et Bernard vint s'asseoir en
face de sa fille.

Le fermier paraissait être de mauvaise humeur, et il fallait que sa préoc-
cupation fût grande, car il n'embrassa
point Cécile en entrant, et c'était
une chose à laquelle il ne manquait
jamais, l'eût-il quittée et revue un
plus grand nombre de fois dans la
journée. La jeune fille, malgré les
idées tumultueuses dont elle était
elle-même assiégée, remarqua aussitôt le trouble de son père, et, suivant l'usage des amoureux de tous
les temps, elle pensa que le mécontentement de son père avait quelque
rapport à ce qui venait de se passer entre elle et M. Édouard. Cependant elle
se détermina promptement, autant
par affection filiale que pour conjurer
l'orage, si sa prévision était juste,

à lui demander la cause de l'agitation inaccoutumée dans laquelle elle le voyait.

La voix de Cécile faisait toujours tressaillir Bernard, et cette fois encore elle le tira de sa rêverie silencieuse.

— Je suis furieux, Cécile! répondit-il; et cela ne serait rien, si ce que je viens d'apprendre ne me rendait aussi triste que la gelée au mois de mai.

— Hé! mon Dieu! mon père, s'écria Cécile beaucoup plus alarmée et en replaçant avec promptitude son ouvrage sur la petite table, que vous est-il donc survenu? Vous vous êtes encore emporté avec vos travailleurs? et c'est une chose pour laquelle je vous ai déjà grondé bien des fois.

— La paix, la paix, Cécile! Je veux mourir si jamais l'ouvrage n'a pas été

aujourd'hui comme je voudrais qu'il
allât toujours ; ce n'est pas cela qui
m'a mis en colère, et quand il aurait
dû m'en coûter deux de mes plus belles vaches, je n'aurais pas voulu apprendre ce que j'ai appris... Eh bien !
qu'est-ce donc, Cécile ? qu'as-tu, ma
chère enfant ? ne pâlis pas, ne trem-
ble pas ainsi, reprit vivement le fermier en ouvrant ses bras à sa fille,
qui vint s'y jeter, le cœur gros et les
yeux déjà humides. J'espère que le
mal qu'on a fait peut se réparer. Rassure-toi, te dis-je... Voyez un peu ce
que c'est que la tête des femmes !
Pauvre enfant ! c'est qu'elle aime son
père... Mais ce n'est pas à moi,
Cécile, qu'on a fait du tort, c'est à
ce pauvre Guillot.

— Dieu soit loué ! mon père, répondit Cécile en soupirant comme si
elle eût été délivrée tout-à-coup de
quelque poids accablant. Et cependant

je serais fâchée qu'il fût survenu une peine quelconque à Guillot.

— Tu peux dire, Cécile, que c'en est une bien cruelle pour un homme dont les cheveux sont déjà gris. On lui a ôté sa bandoulière, c'est-à-dire sa place de garde-champêtre; et maintenant le voilà, à son âge, le pauvre diable! sans autre moyen d'existence que sa petite pension.

— Mais comment cela est-il arrivé, mon père? reprit Cécile; je croyais que la conduite de Guillot était irréprochable, à part cependant des visites un peu trop fréquentes au cabaret de Jean Toussaint; mais il a été longtemps militaire comme lui c'est peut-être une excuse. On ne peut en dire autant de vous, mon père, qui m'avez promis de ne plus y remettre les pieds.

— Cécile, Cécile, c'est quand l'arbre est jeune qu'il faut le dresser, mais quand il ne porte plus de fruits, ses branches se rompent facilement; quand on veut leur donner une autre forme que celle qu'elles ont reçue de la nature. Ce que tu dis de Guillot est bien vrai, Cécile, et pourtant il y a quelqu'un au château qui ne pense pas ainsi.... Oui, Guillot t'aurait arraché le cœur si tu l'avais entendu dire : « Voisin Bernard, il y a à peu près trente ans que vous me donnâtes du pain et de la bonne paille fraîche pour me coucher, quand le père Matthieu le meunier me chassa de chez lui : touchez là, voisin Bernard; j'aurai peut-être encore besoin de votre aide, mais cette fois ce ne sera pas pour long-temps; non, Guillot ne sera pas long-temps à charge à son pays et à ses amis. Le fils de Matthieu m'a chassé à son tour, voisin Bernard; il m'a ôté le pain qui était le prix de mon sang. Surtout ne parlez pas de

cela à M. Édouard. » Mais j'y pense
maintenant, ajouta le fermier, cette
maudite nouvelle m'a ôté le peu de
bon sens que je tiens de mon père;
où est donc M. Édouard ?

— M. Édouard, mon père, répondit avec embarras la jeune fille que
cette question inattendue était faite
pour déconcerter, je crois qu'il n'est
plus ici... qu'il est parti...

Elle baissa les yeux en rougissant,
mais le fermier s'aperçut de son trouble, et relevant doucement avec la main
le charmant visage de sa fille, il la
fixa un instant avec cette attention
moitié sérieuse, moitié ironique, dont
plus d'une fois nous avons été épou-
vantés, dans notre enfance, quand,
après une faute légère, un père appuyant son index sur son front vous
dit en grossissant sa voix : Regardez-
moi bien là...

• —Hum !... dit le fermier en ho-

chant la tête, je ne risquerais pas
grand'chose, si je pariais qu'il s'est
passé entre vous quelque chose d'extraordinaire, et j'ajouterais sans crainte
à mon pari que c'est sûrement toi,
Cécile, qui as eu tort. M. Édouard est
un jeune homme honnête et prudent,
et si celui-là manque jamais à son
devoir, il ne faudra se fier à aucun
homme sur la terre, au lieu qu'on
ne peut répondre de toutes les idées
qui passent par la tête d'une jeune
fille, qui est habituée, sarpedieu! à
voir faire ses volontés par tout le
monde, et même par son père. N'est-
ce pas vrai Cécile?

— Que vous êtes bon! mon père,
dit la jeune fille en jetant ses bras au
cou du fermier, car, aussi bien que la
plus innocente créature de son sexe,
elle savait, la digne fille d'Ève, se servir de tous ses avantages, et donner à
une conversation avec son père le

cours qui lui convenait le mieux.
Que va devenir maintenant ce pauvre Guillot? Certainement, mon père,
vous tâcherez de lui être utile.

— Sans doute, répondit le fermier
à qui cette réflexion de sa fille rendit
toute sa colère. Et pourquoi, dites-
moi, le brave garçon a-t-il été destitué? ne va pas raconter cela à
M. Édouard, c'est une chose que Guillot m'a bien recommandée; car le bon
jeune homme ne se pardonnerait jamais d'avoir été la cause de la disgrâce de Guillot.

— Comment! reprit vivement la
jeune fille, M. Édouard se trouve-t-
il mêlé dans une affaire semblable?..
Je ne dirai rien, mon père, je vous
le promets, mais, au nom du ciel! ne
me laissez pas dans l'inquiétude à
cet égard.

— Ouais! ma gentille alouette,
comme tu gazouilles quand il s'agit

de M. Édouard ! Tu as entendu dire, comme tout le monde, dans le village, que Catherine Ledoux... que vais-je dire là? sarpédieu ! que madame la comtesse était revenue au château avec sa fille unique, une belle demoiselle qui a été élevée à Paris; un beau brin de fille, tout de même ! à ce qu'on dit dans le village, mais çà vous est fier comme une reine.

— Oui, je savais que ces dames étaient à Crossey depuis peu de temps, et que la jeune personne dont vous parlez s'appelait Athénaïs; la bonne mère Besson ne m'a rien laissé ignorer de tout cela... mais ces dames...

Elle n'acheva pas cette phrase qu'un sentiment nouveau pour elle allait lui dicter; ses lèvres vermeilles pâlirent, son cœur se serra, et un froid glacial sembla s'infiltrer dans ses veines. A peine avons-nous trouvé l'objet d'une préférence à laquelle nous attachons toutes nos idées de bonheur, que la crainte de le perdre vient troubler la joie qu'on éprouve d'être aimé de ce qu'on aime. La jalousie est une affection instinctive et qui naît avec l'amour dans les cœurs les plus purs. Cécile n'aurait pu expliquer la cause réelle du trouble vague dont elle était agitée, mais il avait suffi pour exciter en elle une inquiétude déchirante que son père eût nommé les dames du château en même temps qu'Édouard. On doit deviner que le sujet de ces observations, qui nous prennent quelque temps, n'interrompit point la conversation que nous rapportons.

— Athénaïs, répondit le fermier avec distraction et un ton d'amertume qui ne lui était pas habituel, car le malheur de Guillot l'affectait véritablement; où diable a-t-on été chercher un pareil nom, quand sa mère s'appelait Catherine ?

— Mais, reprit Cécile avec la même émotion, vous ne me dites pas, mon père, comment M. Édouard...

— Cécile, Cécile, dit le vieillard en jetant un regard inquiet sur sa fille, sûrement M. Édouard t'inquiète beaucoup plus que Guillot... Ah ! ajouta-t-il avec cette malignité naturelle au paysan dauphinois, sais-tu bien, ma jolie fille, à propos de cela, que cette demoiselle serait un bon parti pour M. Édouard ? Le pauvre jeune homme ! puisse Dieu le bénir et lui accorder tout le bonheur qu'il mérite !

— Non, non, reprit Cécile, vous ne pensez pas sérieusement à ce que vous me dites, car jamais vous n'avez affligé votre fille, et si j'ai pleuré dans vos bras, mon père, ce sont des larmes de joie que j'y ai répandues.

— Qu'est-ce donc que cela veut dire? s'écria le fermier dont les traits respectables exprimèrent aussitôt les anxiétés de la sollicitude paternelle.

— Cela veut dire, mon père, que j'aime tendrement M. Édouard; vous ne pouvez l'ignorer, et si je ne vous ai pas confié plus tôt les secrets de mon cœur, c'est que j'ignorais... je n'osais espérer...

— Pardieu! dit le fermier dont l'étonnement et l'inquiétude augmentaient à chaque instant, je crois bien que tu aimes M. Édouard; moi aussi je l'aime, M. Manuel aussi : nous l'aimons tous, Cécile.

— Ah! ce n'est pas de la même manière que moi, s'écria la jeune fille avec vivacité en saisissant la main de son père qu'elle serra entre les siennes. Il y a une heure, mon père, que je n'aurais pu vous l'assurer, mais depuis ce temps tout est changé.

M. Edouard était là à la place que vous occupez, il a pris ma main comme je tiens la vôtre dans ce moment, et il m'a dit que son cœur m'appartenait, et qu'il n'aimerait jamais d'autre femme que moi...

... La jeune fille tremblante pour la première fois en présence de son père, ne put en dire davantage; sa voix expira sur ses lèvres; elle baissa les yeux et laissa tomber ses deux mains le long de son corps, comme si, coupable de quelque faute grave, elle s'était attendue à la juste colère paternelle. Le fermier, en entendant cet aveu tendre et ingénu, fit sur sa chaise un mouvement violent et involontaire qui exprimait mille sentiments confus. On lisait à la fois dans sa physionomie franche et expressive la surprise que lui causait cette nouvelle, avec un mélange de joie indicible et pure, dont l'expression vraie n'ap-

1.   7

partient qu'aux âmes honnêtes. Cependant, après un moment de silence, une pensée qui lui était inspirée par la probité sembla l'emporter sur toutes celles qui l'occupaient.

— Dans mon temps, Cécile, répondit-il avec gravité, c'était à un père qu'on faisait de semblables confidences, quand on avait sur sa fille des vues honorables.

— Ne croyez pas, mon père, reprit la tendre Cécile à qui ce reproche dirigé contre celui qu'elle adorait rendait tout son courage; ne croyez pas que M. Edouard puisse avoir d'autres intentions que celles dont toute jeune fille doit être fière et heureuse d'être l'objet. Il s'est accusé lui-même de méconnaître son devoir au moment cependant où les douces paroles qu'il venait de me faire entendre causaient tant de joie et tant de bonheur à votre fille.

— Allons, dit le fermier, pour qui
Edouard était l'objet d'une affection
aussi tendre que respectueuse, j'étais
bien sûr que le bon jeune homme se
conduirait dignement; car, aussi vrai
que je suis ton père, je savais que
cela arriverait, sarpedieu !... Cécile,
viens que je t'embrasse, ma chère fille,
cela fait honneur à mes cheveux blancs.
Oui, si j'ai fait un peu de bien, Cécile,
dans tout le cours de ma vie, l'honneur d'avoir un pareil gendre m'en
récompense trop généreusement. Que
Dieu soit béni !

— Et que Dieu vous bénisse aussi,
mon bon, mon excellent père, ajouta
Cécile; qu'il répande sur vos vieux
jours toute la joie qui remplit mon
cœur.

— Merci, Cécile, merci, dit le vieillard avec émotion : ce sont des sou-
haits que Dieu entendra, car tu t'es
toujours montrée une fille douce et

prévenante ; et tu n'as jamais fait
repentir ton père de t'avoir laissé acquérir plus de science qu'il n'en reçut
du sien. Mais où est-il donc, mon cher
Edouard, si ce n'est pas trop d'orgueil de ma part de l'appeler ainsi?
Ah! Cécile, j'ai vu un temps où le fils
de son père aurait cru faire beaucoup
en mettant négligemment la main à
son chapeau, si un homme de notre
classe s'était découvert avec respect
devant lui. Mais tout est changé maintenant, et cependant, Cécile, à part
le contentement que j'en ai pour
toi, car tu seras comtesse aussi bien
que Catherine Ledoux, sarpedieu!
c'est une grande consolation pour
moi de voir le fils de notre ancien
seigneur te rechercher comme si tu
étais son égale. A propos de cela,
Cécile, je n'entends pas qu'on appelle maintenant M. Edouard autrement que M. le comte ; ce titre lui

appartient, après tout; et il n'y peut pas
plus renoncer que moi au nom de
Jacques Bernard, que je tiens de mon
honoré père.

C'est ainsi qu'un petit grain d'orgueil se mêlait dans le cœur paternel
de Bernard à la joie qu'il éprouvait. Si le
lecteur trop sévère désapprouvait dans
l'excellent vieillard la manifestation de
ce sentiment qui n'est que trop dans
l'ordre naturel de nos préjugés, il
saura plus tard par combien d'honorables et généreux sacrifices le fermier avait acquis le droit de regarder
Edouard comme son fils. Le plan
que nous avons adopté ne nous permet pas d'entrer à cet égard à l'instant même dans des détails circonstanciés, et l'on doit se borner à dire
que Bernard avait vu naître l'affection mutuelle des jeunes gens avec
un plaisir que souvent son cœur seul
ne pouvait plus contenir. Quand il avait

observé quelques nouveaux pro-
grès de leur amour, il avait la coutume d'en aller faire part à la vieille
Geneviève Besson; mais celle-ci, qui
avait cru de tout temps qu'après Dieu
et le roi, les comtes de Crossey
étaient tout ce qu'il y avait sur la
terre de plus grand et de plus respectable, hochait la tête en écoutant
le fermier, et détruisait d'un seul
mot tous les songes agréables qu'il se
plaisait à former.

— Sûrement, lui disait-elle, mon
pauvre Bernard, il n'y a rien dans tout
cela qui doive vous donner la moindre
inquiétude, M. le comte sait trop bien
le respect qu'il se doit à lui-même,
il sait trop bien la distance qui
existe entre un noble et jeune seigneur comme lui et la fille d'un honnête fermier.

Jacques Bernard n'était pas tout-à-
fait de cet avis, mais cependant il

sentait que la vieille enthousiaste avait
raison sous bien des rapports, et il
n'était pas homme à laisser percer le
plus vif de ses désirs, la plus chère de
ses pensées, et à donner à entendre
en aucune manière que l'union d'É-
douard avec sa fille était une chose possible et qui mettrait le comble au bonheur privé dont il jouissait. Édouard
s'était expliqué, non pas positivement,
il est vrai, puisque ce n'était point à
Bernard lui-même qu'il avait fait part
de ses sentiments pour Cécile, mais,
enfin cela ne pouvait manquer d'arriver, et le bon fermier s'abandonnait
d'avance à l'ivresse de la félicité, trom-
peuse, hélas! comme celle qui est
produite par l'intempérance. Il est
probable qu'il se livrait intérieurement
aux réflexions que nous venons de
faire en se promenant à grands pas
dans le pavillon; il se frottait les mains
avec satisfaction, donnait des petits

coups sur les joues vermeilles de Cécile, et riait du gros rire de la gaieté.

— Mais vous ne savez pas tout encore, mon père, reprit Cécile quand
elle pensa qu'il était préparé à recevoir une confidence d'un autre genre.
M. Édouard... pensez-vous que cela
soit possible après m'avoir fait lire
dans son cœur, et quand je ne lui ai
rien caché de ce qui se passait dans le
mien?... M. Édouard a l'intention de
nous quitter... de quitter le pays, oui,
mon père... oh! je vous en supplie,
détournez-le de ce triste dessein.

— Diable! dit le fermier, ceci demande réflexion; il t'a dit qu'il voulait partir... bah! bah! propos de
jeune homme; je sais où il y a deux
jolis yeux qui sauraient bien le ramener. Rassure-toi, Cécile, si M. Édouard
ne t'a pas trompée..., et je puis jurer
qu'il en est incapable, je réponds qu'il
changera d'idée. Je voudrais bien

voir... cela me ferait bien de la peine,
Cécile! Je vais causer de tout cela
avec M. Manuel; bien certainement
si quelqu'un peut me donner le mot
de l'énigme, c'est le bon curé. Sarpedieu! ma petite Cécile, mon cher
ange, te quitter quand on t'aime, ce
n'est pas possible.

Cécile pensait au fond comme son
père, mais les adieux d'Édouard
étaient encore présents à sa mémoire;
elle ne pouvait dire toutes les craintes
qu'ils lui avaient suggérées, ni faire
part à personne des nobles motifs d'É-
douard qu'elle avait su démêler dans
ses plaintes touchantes. Le parti que
prenait son père de conférer avec
M. Manuel sur des circonstances où
le bonheur de sa vie était attaché ajouta à la douceur de ses espérances. Le
curé, qui avait élevé Édouard, connaissait bien son caractère, et comme il
était le dépositaire de toutes ses pen-

sées, Édouard n'avait pu lui laisser ignorer son amour. C'était donc d'après les conseils du vénérable pasteur que son Édouard bien-aimé s'était enfin déclaré. Que de motifs pour rassurer un jeune cœur bien épris et le faire passer en peu de temps de toutes les angoisses de l'irrésolution et de la crainte aux plus vives impressions de la confiance et de l'espoir.

Il y a même dans le bonheur quelque chose qui nous attriste et qui nous pèse, c'est le propre des passions humaines de laisser un vide dans l'âme après l'avoir embrasée. La solitude du pavillon déplut à Cécile après le départ de son père; elle prit son ouvrage et le laissa aussitôt; elle s'approcha de son piano, et, après en avoir tiré quelques accords, elle demeura pensive appuyée sur ses touches silencieuses; ses livres ne purent ramener plus de tranquillité dans son esprit.

— Il y a près de huit jours, se dit-elle, que je n'ai vu la mère Geneviève; peut-être la pauvre femme est-elle malade; pourquoi n'irais-je pas jusqu'à sa chaumière? quand mon père va au presbytère, il n'en revient pas aussitôt, et d'ailleurs aujourd'hui il a à parler d'affaires qui peuvent l'y retenir plus long-temps...

Elle rougit en prononçant ces mots qui expirèrent en quelque sorte sur ses lèvres; puis elle s'approcha d'une petite glace et se prépara à sortir.

— Oui, continua-t-elle, je vais voir Geneviève... elle aime tant à me parler de M. Édouard et de toute sa famille!... Édouard ne manque pas un seul jour d'aller la voir...

Je ne sais si la dernière pensée qu'elle exprima était en effet celle qui l'occupait le plus, mais elle sourit en

essuyant ses yeux et son visage, et en
jetant sur ses épaules un petit schall
de laine rouge. Quelques instants
après, une petite voix douce et bien
connue de la personne à qui elle s'a-
dressait faisait entendre ces mots à
la porte entr'ouverte d'une petite maison du village:

— Êtes-vous là, maman Geneviève?

———

CHAPITRE V.

Souvenirs d'un autre temps. — Les jeux de
la fortune. — Une visite imprévue.

—Entrez, Cécile, ma chère enfant,
répondit-on dans l'intérieur.

—Bonjour, maman Geneviève, reprit la jeune fille en se rendant à
cette invitation ; comment vous portez-vous ?

—Hélas! ma jolie fille, comme une
pauvre femme qui va bientôt rendre
compte là-haut du temps qu'elle a
passé sur la terre. Que Dieu soit béni!
mais ne parlons pas de cela, les chagrins du vieil âge ne sont point un
sujet de conversation qui puisse plaire
à la jeunesse. J'espère que tout va
bien à la ferme, et que Jacques Ber-

nard, votre père, le brave homme!
est toujours joyeux et charitable. Il
en a bien fait dans son temps, Cécile!
et votre mère, dont vous êtes le portrait vivant, car elle était avenante et
fraîche comme vous, Cécile, a bien
souvent pleuré pour certaines choses
à la place où vous êtes maintenant.
Oui, j'espère que tout va bien à la
ferme.

En répondant affirmativement et
en appliquant un baiser sur les joues
ridées et flétries de Geneviève, Cécile
s'attendait probablement à l'entendre
faire mention d'une autre personne,
mais la vieille femme n'arriva à ce
point tant désiré que par un long dé-
tour.

— Eh bien! Cécile, continua-
t-elle, ne pense-t-on point à vous mettre
en ménage? Je suis bien sûre qu'il y a
à Saint-Étienne de Crossey plus d'un
jeune garçon qui soupire pour vous.

Ne rougissez donc point ainsi, ma jolie fille! N'êtes-vous pas en âge d'entendre dire cela et bien autre chose encore? Il est vrai que vous n'êtes point élevée suivant votre état, Cécile, et ce serait un malheur si cela vous rendait fière et méprisante.

— Et pourquoi deviendrais-je telle que vous pouvez le craindre, maman Geneviève? ne sommes-nous pas tous des enfants du même père, et si je suis mieux élevée qu'une autre fille du village, quelqu'un peut-il m'en faire un crime?

— Au contraire, Cécile, au contraire, et ce n'est point là ce que j'ai voulu dire, que la sainte Vierge vous bénisse! mais je crains que votre père, et c'est la seule chose que j'aie à dire contre lui, le brave et digne homme! je crains que votre père ne vous laisse entraîner par des idées que vous ne devriez point avoir. Mais je ne veux pas vous affliger, ma jolie enfant, et je vois déjà à votre petit air boudeur que mes avis ne sont pas de votre goût; il en sera ce que Dieu voudra, car il est notre maître par-dessus tout. Et à propos de cela, Cécile, me direz-vous au moins si M. Édouard est toujours le même pour vous, le noble jeune seigneur?

—Il a toujours les mêmes bontés, répondit Cécile en rougissant, et je tâche de profiter de ses leçons.

—Pauvre jeune homme! reprit la vieille femme qui, arrivant enfin au sujet favori de ses réflexions, ne pouvait remarquer le trouble de Cécile. Prenez exemple sur lui, ma fille, et, dans quelque rang que vous soyez placée, ne soyez pas vaine du bonheur que Dieu vous enverra. J'ai vu le temps, Cécile, où il n'y avait pas dans tout le Dauphiné, et plus loin encore, une demoiselle noble et riche qui n'eût recherché l'alliance du comte de Crossey. Hélas! j'ai vu grandir son père et je l'avais nourri de mon lait ; quand il fut le maître du château, plus de dix domestiques étaient toujours prêts à obéir à ses moindres désirs, et maintenant, Cécile, le fils de notre bon seigneur, le fils de mon maître, n'a plus dans le pays qui appartenait à ses ancêtres, qu'une servante glacée par l'âge, et qui a souvent besoin de son bras pour regagner sa chaumière. Aujourd'hui encore, Cécile, la vieille Genevière Besson a reçu cet honneur du jeune comte ; que le bon Dieu le protège!

— Vous avez dit la vérité, maman Geneviève, il n'y a point au monde de cœur plus généreux que celui de M. Édouard.

— Oui, ma fille, oui, bon sang ne peut se démentir ; puisse-t-il, le noble enfant, trouver une compagne de son

rang et qui lui rende la fortune dont
on l'a dépouillé !

— Hélas! maman Geneviève, est-ce
bien la fortune qui fait le bonheur?
et M. Édouard ne pourrait-il pas se
choisir une femme suivant son cœur
et sans consulter ses intérêts ?

— Qu'est-ce à dire, Cécile? s'écria
la vieille en relevant fièrement la tête
comme au temps de sa jeunesse,
qu'est-ce à dire?... Bien certainement
nous vivons dans des temps malheureux où le noble obtient à peine un
coup de chapeau du paysan qui s'est
emparé de ses biens; mais j'espère
que M. Édouard se souviendra d'où
il sort, et qu'il ne sacrifiera pas le nom
de ses pères à un caprice de jeune
homme. Et cependant, Cécile, je ne
suis pas sans inquiétude de ce côté,
le jeune comte n'a que trop de pen-
chant à oublier le passé, et je crains
que M. Manuel, tout bon prêtre qu'il

est, ne lui ait donné de bonne heure
des principes qui ne doivent pas être
ceux d'un gentilhomme.

— Mais, maman Geneviève, ne te-
nez-vous pas trop, de votre côté, à des
idées qui ne sont plus de notre temps?
Pour moi, je ne saurais regretter une
époque où deux cœurs faits pour se
comprendre et pour s'aimer pouvaient être séparés par l'orgueil des
familles.

—Ah ! reprit Geneviève en soupirant, je le sens bien, Cécile, il est
temps que je meure, car je ne m'ha-
bituerai jamais à entendre dire de
sang-froid des choses semblables. Ne
vous effrayez pas, mon enfant, je ne
puis vous en vouloir, car ce n'est pas
votre faute si vous parlez ainsi. Tout
est renversé, tout est détruit; j'ai vu
piller les châteaux et brûler les tem-
ples; on a tué les nobles et les prêtres,

et ceux qui ont survécu à ces malheurs
semblent prêts à les approuver.

Cécile avait besoin de parler de son
bonheur, mais elle sentit qu'il n'y
avait point de sympathie entre elle et
la vieille Geneviève, pour qui la vie
n'était qu'un long rêve. Une fois que
la bonne femme était amenée au point
de regretter l'ancien temps, et il ne
fallait qu'un mot pour cela, on n'en
était pas quitte pour quelques paroles,
il fallait écouter la généalogie des
comtes de Crossey, et des disserta-
tions sans fin sur les anciennes habitudes objets de ses regrets. Si la raison pouvait blâmer les idées de la
vieille Geneviève, le langage touchant
de sa fidélité à ses anciens maîtres,
de sa reconnaissance pour les bienfaits qu'elle en avait reçus, parlait plus
vivement à l'âme, et il fut impossible
à Cécile d'entendre sans une émotion
qui se manifesta souvent par des lar-

mes, le long récit qu'elle lui fit. Nous
nous contenterons d'en présenter au
lecteur un résumé succinct sous une
forme qui nous permettra d'être plus
rapide et plus concis, en même temps
qu'elle nous fournira l'occasion de
reproduire ici des détails antérieurs,
mais nécessaires pour l'intelligence et
l'intérêt de cette histoire.

Parmi les seigneurs qui, durant les
années fertiles en évènements politiques de 1787 et 1788, se rendirent
populaires en Dauphiné, par leur noble désintéressement et leur ardent
patriotisme, on comptait au premier
rang le comte de Crossey, dernier représentant d'une famille ancienne et
illustre. Petit-fils d'un maréchal de
France, et pouvant citer parmi ses
ancêtres des présidents du parlement,
des hauts dignitaires de l'église, il
n'avait ni la morgue ni la hauteur que
les individus de sa caste n'avaient que

trop l'habitude alors de montrer aux classes inférieures ; conduite imprévoyante et légère qui rendit les masses populaires sans pitié, lorsque, ayant brisé tous les liens de l'ancienne hiérarchie sociale, elles se virent maîtresses absolues du sol et du gouvernement.

A cette époque, M. le comte de Crossey était encore un jeune homme; mais quoique son caractère hospitalier et généreux lui eût acquis beaucoup d'amis, lorsqu'il fut entré dans le monde et qu'il administra l'héritage de ses pères, sa société se bornait à un petit nombre de personnes choisies. Il était naturellement triste et mélancolique, et nouvellement uni à une femme d'une haute naissance, dont la bonté était le moindre avantage; il l'aimait passionnément, et savait concentrer tous ses plaisirs dans ses affections. Ses goûts

étaient simples et ses mœurs pures; il
vivait dans sa terre et passait la plus
grande partie de son temps à apaiser
les querelles qui s'élevaient parmi les
habitants du village, dont il était le
seigneur haut-justicier. Rarement il
avait occasion de déployer l'autorité
que les institutions du temps lui con-
féraient; ses jugements étaient ordinairement sans appel de la part de ses
vassaux, car ils étaient dictés par la
plus impartiale équité. Aussi le respect qu'on lui portait, les bénédic-
tions qu'il recevait le récompensaient-
ils dignement, c'est-à-dire comme il
désirait le plus d'être récompensé, de
la paix et du bon ordre qu'il faisait
régner dans sa juridiction.

Sa noble et jeune épouse secondait
parfaitement ses vues; elle était douce
et bienveillante, et semblait vouloir
faire partager à tous ceux qui l'entou-
raient le bonheur dont elle jouissait.

Aucun gage de l'amour de son mari
n'était encore venu consolider des
nœuds aussi bien assortis et combler
le plus cher de ses vœux. Les nouveaux ménages recevaient souvent sa
visite, et une jeune paysanne enceinte ne l'avait jamais quittée sans
emporter des marques de sa bienfai-
sance et de son excessive bonté. Mais
elle ne bornait point là sa charité ac-
tive et prévoyante ; aux approches de
l'hiver, on la voyait, suivie d'une femme qui avait été la nourrice de son
mari, et qui n'était rien moins que
Geneviève Besson, dont on reproduit
ici les souvenirs, parcourant les chau-
mières les plus éloignées du château,
et distribuant avec une juste libéra-
lité des secours qui devaient aider de
pauvres familles à lutter contre les ri-
gueurs de la saison. Combien de fois,
assise sur le banc formé d'un tronc
d'arbre grossièrement taillé et placé à

la porte d'une petite ferme, n'avait-
elle pas joué avec de jeunes enfants
qui l'appelaient maman comtesse ?
La bonté est tellement le caractère
naturel de la maternité, que les premières idées de l'homme lui font donner le doux nom de sa mère à celle
dont il reçoit quelques bienfaits.

Cette vie paisible et tranquille, ces
habitudes patriarcales dans un seigneur jeune et riche, et qui paraissait
totalement dépourvu d'ambition, mé-
ritèrent au comte de Crossey l'estime
générale ; mais, d'après ces antécé-
dents, ce ne fut pas sans étonnement
qu'on le vit s'occuper avec chaleur
des affaires publiques, et déployer une
activité et une énergie qu'on ne lui
supposait pas, quand les circonstances commencèrent à devenir graves,
et que de sourdes rumeurs précédè-
rent l'explosion du mécontentement
national. Un seul homme possédait

le secret de cette belle âme, et avait
pu lire dans le noble cœur de M. de
Crossey; c'était un ecclésiastique à
peu près de l'âge du comte, et qui,
par sa protection, avait été promu à
la cure de Saint-Étienne de Crossey.
Le rôle important que ce digne personnage doit jouer dans le cours de
cette histoire nous impose l'obliga-
tion d'entrer à son égard dans des
détails circonstanciés, que la mémoire
de Geneviève nous a conservés.

« M. Manuel, fils d'un négociant de
Vienne, avait reçu une éducation qui
n'était point en général, à cette époque, le partage des jeunes gens que
l'aristocratie ne comptait pas dans ses
rangs; mais la fortune considérable
du M. Manuel père avait rétabli, à
cet égard, l'égalité naturelle, et son
fils avait fait des études distinguées.
Jamais cœur plus généreux et plus
pur ne fut troublé par les passions de

la jeunesse, et ne souffrit plus cruellement des préjugés de l'époque, préjugés déjà détruits par l'opinion publique, mais fortement enracinés encore
parmi ceux au profit desquels ils semblaient avoir été établis. Le jeune
homme, à qui la fortune paternelle et
une éducation brillante donnaient tant
d'espérances de bonheur, devint éper-
dument amoureux de la fille d'un
gentilhomme, seigneur, en partie,
d'une terre où la famille Manuel possédait un riche domaine. C'était un
de ces aristocrates renforcés, un de
ces barons campagnards dont le type
fut heureusement brisé en France par
la révolution, et qui, élevés dans toutes les préventions de leurs ancêtres,
se faisaient un scrupule de penser et
d'agir comme eux, parcequ'ils ne
pouvaient s'élever à un ordre d'idées
différent de celui qui leur avait été
inculqué dès l'enfance.

La maison de M. d'Orgeval (c'était le
nom du noble campagnard), et qu'il
appelait son château, était flanquée
de deux vieilles tourelles couvertes de
graminées jaunes , habitées depuis
un temps immémorial par des pigeons
qui avaient aussi le droit imprescrip-
tible de dévorer les moissons des pauvres paysans; et elles annonçaient au
passants la puissance féodale de leur
propriétaire. Le seigneur montrait avec
orgueil, dans l'intérieur du manoir, de
vieux tableaux couverts d'une noble
poussière, et qui étaient censés conserver l'effigie de ses ancêtres. Les
d'Orgeval, couverts de leurs armures
ou de leurs robes fourrées d'hermine,
avec des barbes menaçantes, étaient
ainsi placés sous les yeux de leur fier
descendant, pour lui recommander
l'observation stricte des anciennes
mœurs; aussi sa franchise était-elle
brusque et ordinairement accompa-

gnée d'une mauvaise humeur peu
agréable pour ceux qui étaient condamnés à la supporter. Il maintenait
à sa table la distinction des rangs
avec une exactitude et une inflexibilité
tout anglaise ; il ne se découvrait que
devant un homme bien né, comme
on disait alors, et qui occupait une
place élevée dans l'état; touchait seulement, pour M. Manuel père, le bord
de son chapeau galonné, et ne dai-
gnait que rarement répondre par un
léger signe de tête à la profonde ré-
vérence qu'il recevait de ses vassaux.

Après sa noblesse et sa cave, pour
l'entretien de laquelle il avait grevé
de quelques hypothèques le domaine
paternel, ce que M. d'Orgeval estimait
le plus au monde c'étaient ses chiens
de chasse et son fusil. Malheur au
braconnier qui tombait entre ses
mains ! Après avoir reçu des nobles
mains du sévère seigneur une correc-

tion proportionnée à l'énormité de sa
faute, il était livré impitoyablement au
vi-bailli de Vienne, qui ne manquait
pas de l'envoyer aux galères. Le livre
le plus curieux de la bibliothèque du
rustique aristocrate était un exem-
plaire de l'Art de la vénerie par le roi
Charles IX, prince qui avait encore
à ses yeux le mérite d'avoir ordonné
l'horrible massacre de la Saint-Bar-
thélemy.

On conçoit qu'arrivé à ce degré de
férocité féodale le caractère de M. d'Orgeval fût difficile à manier. Aussi
ce ne fut pas sans une sorte d'horreur
et d'indignation qu'il reçut les honorables prétentions du jeune Manuel à
la main d'une fille dont les ancêtres
s'étaient distingués à la bataille de
Varey, sous les yeux du dauphin
Guigues VIII. La famille Manuel sup-
porta avec douceur les premiers refus
de M. d'Orgeval, quelque grossiers et

désobligeants qu'ils fussent; elle les
regarda comme les ruades d'un vieux
cheval auquel on veut faire passer
un gué pour la première fois. Mais
bientôt l'inflexible orgueil du gen-
tillâtre se montra sous le jour le
plus odieux, et le désespoir des deux
amants fut au comble. La famille Manuel reçut l'invitation de ne plus paraître au château; il menaça l'amoureux d'un coup de fusil, s'il s'avisait
jamais d'approcher des deux pigeon-
niers féodaux; il donna sa malédiction
à son fils aîné, lieutenant de cavalerie,
qui eut l'audace de lui dire quelques
mots en faveur d'un mariage si dispro-
portionné, et il mit sa fille au couvent
des Visitandines de Grenoble, où elle
mourut six mois après.

— Remarquez bien cela, Cécile,
dit ici Geneviève en interrompant
son récit; je n'approuve point l'action
de ce gentilhomme, que Dieu lui par-

donné sa dureté. Mais telle était la coutume du temps et alors on respectait tout ce que nos pères avaient respecté.

— Dieu du ciel ! s'écria Cécile en joignant les mains, est-il possible que M. Manuel ait été si malheureux !

— Hélas ! oui, ma chère fille, reprit Geneviève, et vous allez voir que s'il fut affligé dans cette circonstance, Dieu l'en a bien dédommagé depuis.

Malgré la bonne volonté de Geneviève, nous allons, si le lecteur le permet, reprendre la forme que nous avons adoptée pour cette narration.

Cette catastrophe éteignit toute espérance dans le cœur du jeune Manuel, et les consolations qu'il trouva dans sa famille ne purent adoucir l'amertume de ses peines. Sa sensibilité expansive avait besoin d'un remède plus puissant que les larmes, et ce fut dans la religion qu'il le trouva. Mais

il ne voulut point consacrer à Dieu
un cœur plein de tristesse, ni embrasser dans le deuil de ses passions un
état qui les condamne au silence.
Après un long noviciat et quand les regrets de la perte qu'il avait faite furent
calmés, il renonça solennellement au
monde, prit les ordres sacrés, et disposa
en faveur d'un jeune frère de la plus
grande portion de ses droits à la fortune paternelle.

Tel était le curé de Saint-Étienne
de Crossey, qui devint bientôt l'ami
sincère du comte et le digne confident
de ses plus secrètes pensées; il passait
au château tout le temps qu'il ne con-
sacrait pas à l'accomplissement de ses
devoirs de pasteur. Bon et tolérant,
sa piété solide et vraie ne s'effarouchait
pas de la gaieté des jeunes gens ou du
scepticisme des vieillards; il reprenait
avec douceur, conseillait avec onction
et exerçait sur tous ses paroissiens l'ir-

résistible ascendant de la vertu. On
parlait au loin du jeune curé de Gros-
sey, mais jamais la médisance et l'envie n'osèrent souiller de leur souffle em-
poisonné ni ses actions ni ses paroles.

Les jeunes gens avaient en lui un
ami sûr et les opprimés un défenseur
plein d'énergie et de courage. On aurait dit que jamais les affections de la
terre n'avaient troublé sa piété évan-
gélique , tant il écoutait avec
calme les aveux de ceux qui, troublés
par les passions, venaient se réfugier
dans son sein pour recueillir les paroles
d'espérance et de consolation qui
tombaient de sa bouche comme cette
rosée bienfaisante qui ranime les plan-
tes que le soleil a desséchées. Sans
doute il est difficile d'imaginer un
être plus respectable qu'un bon curé
de village ; c'est le prêtre véritable,
c'est l'apôtre de la foi suivant l'évan-
gile, quand sagement renfermé dans

les devoirs de sa mission de paix et de miséricorde, il se borne à soulager les infortunes et à faire aimer la vertu. Vous le reconnaîtrez facilement si traversant un hameau dans une province éloignée, vous voyez un ecclésiastique qui marche le sourire sur les lèvres, au-devant duquel courent une nuée d'enfants qui quittent leurs jeux bruyants pour aller recevoir de lui quelques caresses mêlées à de paternelles remontrances; si vous le voyez sortant d'une chaumière accompagné du père de famille, s'il lui serre cordialement la main en le quittant; si les jeunes filles ne sont point effrayées à son aspect, si sa présence suffit pour calmer des rixes violentes, et enfin si les bonnets de laine se lèvent du plus loin qu'on peut l'apercevoir.

M. Manuel eut souvent l'occasion de donner cet exemple édifiant et de montrer sa charité sans bornes dans

toutes les circonstances qu'il remercia
Dieu d'avoir fait naître pour lui. Le
comte avait pour fermier d'un moulin
construit à l'extrémité de sa terre et
dans un fond marécageux, circonstance qui lui avait fait donner le nom
de Moulin des marais, un paysan nommé Matthieu, qui était dur et sans indulgence envers ses nombreux enfants.
Il avait assez régulièrement l'habitude
de s'enivrer, et, dans ces moments, sa
femme n'était pas plus épargnée que
le cheval dont il se servait pour trans-
porter les grains qu'on lui donnait à
moudre. Sa brutalité, dans un pays
où l'on donne généralement des sur-
noms, lui avait valu celui de Matthieu
la main leste, et elle avait souvent oc-
casioné, entre lui et M. de Crossey,
des explications tellement vives, que
plusieurs fois il s'était vu sur le point
d'être chassé de la terre. Les avertissements menaçants du seigneur, qui n'o-

sait résilier son bail par pitié pour sa famille, faisaient peu d'effet sur Matthieu
la main leste; il avait coutume de dire
que quand il avait payé son fermage, sa
taille et toutes ses redevances, il était
aussi libre que le roi de s'enivrer et de
battre sa femme. M. Manuel n'était
point de cet avis, et l'on remarquait
qu'après une visite au moulin, il se passait près de quinze jours avant que le
meunier ne se livrât à ses habitudes
favorites.

L'influence que M. Manuel exerçait sur l'esprit bourru de Matthieu *la
main leste*, venait de ce que le bon curé
s'était chargé par humanité d'ensei-
gner les premiers principes des connaissances élémentaires au fils aîné
du meunier. C'était un gaillard d'environ dix-sept ans, qui ne se gênait pas pour mettre l'habit bas et
pour se mesurer avec le premier
venu. Il jouissait d'une sorte d'autorité

sur la jeunesse du pays, car il portait son chapeau sur l'oreille, et rien ne pouvait le retenir quand il entendait le son du tambour. Il est probable que ces dispositions belliqueuses avaient trouvé le chemin du cœur de Matthieu, car c'était celui de ses enfants qui justifiait le moins souvent son surnom de *la main leste*; du reste, son amitié pour son aîné, pour la barre de son moulin, comme il l'appelait, n'était pas douteuse. C'est au point que les commères du village, témoins de sa tendresse paternelle quand le jeune garçon avait fait l'école buisson-nière et que son absence excitait de légitimes inquiétudes, avaient coutume de dire que lorsque Matthieu *la main leste* n'avait pas mis son bonnet de travers le matin, et qu'il s'était con-tenté de la piquette du ménage, il était tout aussi bon homme qu'un autre.

Le jeune Matthieu, d'après l'idée

qu'on a dû déjà se former de son caractère, n'était pas, on le pense bien,
un garçon timide; il aimait à venir
apporter au château des nids d'oiseaux qu'il avait une adresse particu-
lière à découvrir. C'était une manière de faire sa cour à la comtesse,
car la bonne dame avait une vaste
volière, objet constant de ses soins
et de ses attentions, et cela avait
valu à l'intrépide dénicheur plus d'une
belle pièce de douze sous, que le di-
manche après vêpres il allait risquer
au jeu de boules. Il y avait quelqu'un
au château que les visites de Matthieu
ne trouvaient pas disposé bien favora-
blement; c'était Geneviève Besson, qui
avait été la nourrice du maître, et
qui, sans occuper un emploi fixe dans
la maison, se mêlait à peu près de
tout. Cependant le poulailler était
sous son inspection immédiate, et plus
d'une fois la disparition de quelques

uns de ses poulets ou de ses œufs frais avait excité au dernier point ses soupçons contre le dénicheur d'oiseaux. Matthieu l'a avoué depuis : les soupçons de la bonne Geneviève étaient fondés, et la veuve Gilbert, maîtresse de l'auberge qui avait pour enseigne un saint Laurent sur le gril, était la complice innocente du meurtre des sujets de Geneviève.

Pour tous ces exploits et beaucoup d'autres, Matthieu qui, par un pressentiment de ses futures destinées, aimait à battre l'estrade, et qui, en sa qualité de chevalier errant, s'attirait souvent de fâcheuses aventures, avait pour écuyer un vigoureux garçon de son père, pauvre orphelin qu'on appelait Guillot. Il était moins hardi mais beaucoup plus fort que le fils de son maître, et toutes les fois que celui-ci voulait s'affranchir de l'espèce de tutelle volontaire sous laquelle il s'é-

tait placé, Guillot ne manquait pas
de le renverser sur le gazon et de lui
prouver, à coups de poings, que le moment n'était pas venu pour lui de ten-
ter seul les hasards de l'école buison-
nière. C'était donc Guillot, qui, à
certaines heures, allait siffler sous les
fenêtres du presbytère un air que
M. Manuel avait fini par reconnaître
pour un signal qu'on donnait à son
élève, et qui voulait dire : Le père Matthieu est au cabaret, et nous avons le
temps de faire des nôtres. Mais on disait que le bout du nez du curé suffisait pour mettre Guillot en fuite ; et
quand par hasard le maraud était
surpris par le pasteur, il avait l'air
si honteux et si pénétré de respect,
que le bon curé souriait malgré lui
et se contentait de lui faire une légère
réprimande, dont la dernière syllabe
n'était pas achevée que Guillot se
sauvait à toutes jambes.

1.   8.

Cependant M. Manuel, qui depuis quelques jours avait remarqué l'assiduité de Matthieu, s'aperçut que le jeune garçon était sous le poids de quelque profonde affliction morale ; la découverte de la sensibilité de son élève lui causa une vive joie, mais elle n'était pas sans mélange, car les yeux rouges de Matthieu prouvaient évidemment qu'il avait du chagrin.

— Mon enfant, lui dit-il un jour avec ce ton de bienveillance et de douceur qui lui était familier, avez-vous donné à votre père quelque sujet de plainte ? je sais qu'il est d'un caractère emporté, et je crains que vous n'ayez reçu de lui quelque correction un peu trop forte et peut-être injuste. Je n'en sais rien enfin, Matthieu, mais sûrement vous avez du chagrin. Faites-m'en connaître le sujet, mon enfant, et je tâcherai d'y remédier.

— Oh ! Monsieur le curé, répondit
Matthieu, comment avez-vous pu deviner cela ? et deux ruisseaux de larmes coulèrent de ses yeux en même
temps qu'il passa plusieurs fois sa
main dans ses cheveux, comme s'il
eût voulu se les arracher.

— Que vous importe ? mon ami, reprit M. Manuel ; quand vous aurez plus
vécu, c'est un secret que vous n'ap-
prendrez que trop à vos dépens. Mais
dites-moi ce qui peut vous affliger, et
surtout dites-moi toute la vérité, car
c'est le sûr moyen d'être agréable à
Dieu et de mériter l'intérêt des gens
honnêtes.

— Eh bien ! Monsieur le curé, dit
le jeune homme, il en sera ce qu'i
en sera, je vais tout vous apprendre.
D'abord vous saurez, Monsieur le
curé, que Guillot est un brave garçon.
Eh bien ! mon père l'a chassé.

— Guillot est certainement bien à

plaindre et je m'occuperai de son sort, mais enfin peut-être a-t-il mérité d'être traité ainsi par votre père. Et dites-moi, est-ce là la seule cause de votre affliction?

—Non, Monsieur le curé; c'est la cause pour laquelle mon père l'a chassé qui me fait de la peine, mais quant à lui, je puis vous jurer par...

—Ne jurez pas, mon ami, je vous crois, et je n'ai pas besoin de votre serment.

—C'est que, Monsieur le curé, Guillot n'a pas tort, voyez-vous, et cela m'arrache l'âme de voir cet honnête garçon sans place; il a fait crédit à madame Ledoux, une pauvre veuve, qui doit déjà beaucoup d'argent à mon père. Écoutez bien ceci, Monsieur le curé, mon père a remis des papiers à M. Ragot, le sergent royal, qui a saisi les meubles de madame Ledoux...

—Ah! mon Dieu! qu'est-ce que tout cela? dit le curé; il y a quelque

chose là-dessous, cependant, Matthieu, que vous ne me dites point.
Comment savez-vous tout cela?

Matthieu fut un peu étonné de cette
question fort simple; il rougit et bal-
butia d'abord, mais reprenant bientôt le ton décidé qui l'abandonnait
rarement, il apprit au curé, avec de
nombreux détails, des faits dont nous
allons présenter la substance au lecteur.

Le sergent royal qui avait saisi les
meubles de madame Ledoux avait un
fils dont le caractère n'était pas meilleur que sa figure n'était prévenante;
mais il était aux yeux de son père aussi
beau que les petits du hibou, comme
celui-ci s'avisa un jour de les dépeindre
à l'aigle. Or, la pauvre veuve avait, de
son côté, une fille dont les quatorze ans
et la fraîcheur auraient pu rendre amoureux un garçon moins vif et moins gai
que Chéri, nom amical dont M. Ragot

appelait son fils : malheureusement la
place était déjà occupée, et Catherine
avait donné son cœur au beau Matthieu.
Comment aurait-elle pu hésiter entre
ces deux soupirants? Matthieu était, il
est vrai, un peu querelleur ; il aimait
à faire sa partie de boules; quel mal
pouvait-on trouver à cela? Il était
poli ni plus ni moins que le valet de
chambre de M. le comte, et puis c'é-
tait un fort joli garçon. Chéri, au
contraire, faisait cruellement mentir
son surnom, car il était abhorré de tout
le monde ; c'était moins à cause de
l'infirmité qui le rendait contrefait
qu'à cause de la perfidie de sa langue et de la noirceur de son caractère.
Peu de femmes dans le village avaient
été battues par leurs maris, sans que
Chéri ne fût l'auteur secret de ces
troubles domestiques; il savait tout,
il se mêlait de tout; et les commères,
qui, cependant, riaient de ses mé-

chants propos, quand elles n'y étaient
pour rien, bien entendu, disaient que
sa langue était plus mauvaise que la
plume de son père, et qu'elle pouvait
faire battre quatre montagnes, figure
de rhétorique qui fait peu d'honneur
à celui qui l'inspirait.

Catherine n'était pas plus que Chéri
en âge d'être mariée; mais enfin le
sergent royal n'apprit pas sans colère que son digne fils avait été ou-
tragé au point que madame Ledoux
lui avait refusé sa porte. Il jura donc
énergiquement par son écritoire qu'il
trouverait l'occasion de se venger,
serment que Chéri avait d'autant plus
l'obligeance de lui rappeler, qu'il ne
pouvait rencontrer le bouillant Matthieu sans recevoir de lui quelques
horions bien appliqués. Le fils du sergent, dirigé ainsi par le démon de la
jalousie et celui de la vengeance, découvrit enfin que madame Ledoux

devait au père Matthieu une somme qu'elle ne pouvait lui payer, et que celui-ci était porteur de titres bien en règles; car M. Châtelard, le notaire du bourg, n'était pas homme à faire mal les choses quand on savait reconnaître ses peines, disait Matthieu *la main leste.* Il vit souvent Guillot qui apportait des sacs de farine chez la pauvre veuve, il le questionna; et du caractère confiant et simple dont était le brave garçon, il fut facile à M. Chéri de savoir de lui que son maître ignorait que le moulin tournait souvent une demi-heure à crédit. Prévenir Matthieu de cette énormité, et l'engager à poursuivre la veuve sans qu'il lui en coûtât rien, fut l'affaire de quelques visites au moulin. En conséquence, Guillot fut impitoyablement chassé; et pour la somme de soixante-douze livres, seize sols, six deniers, à la requête de M. Matthieu, on saisit à la

veuve son lit, deux ou trois chaises
de bois, des poules, une vache, et la
récolte d'un petit jardin attenant à sa
chaumière.

C'était là une de ces intrigues com-
pliquées que l'intervention de M. Manuel suffisait pour dénouer. Mais le
cas était grave; une veuve désolée
était à la veille d'être réduite à la
mendicité; il ne délibéra pas long-
temps : il congédia Matthieu en lui
donnant des éloges sur la bonté de
son cœur, et le rassurant à l'égard de
son ami Guillot; il prit sa canne et
son chapeau, et courut chez madame
Ledoux. Là M. Manuel apprit que
son élève lui avait dit la vérité; il con-
seilla à la veuve de surveiller davantage sa fille, et de ne pas trop souffrir
les visites de Matthieu, ce qui fit que
les amants se virent plus souvent en
raison des difficultés que le zèle du
bon curé leur avait suscitées, et il

1.   9

se présenta chez le sergent. Il sentit qu'il était inutile de rappeler cet homme à des principes de délicatesse et d'humanité qu'il ne connaissait pas; il demanda donc les papiers de la veuve, compta soixante-douze livres, seize sous, six deniers; plus, les frais de la saisie et des poursuites préliminaires qui se montaient déjà à une somme presque égale, et il reçut en échange quittance et main-levée de la saisie. Chéri, qui était présent à la transaction, et qui comptait les écus déposés sur le bureau de son père, avait bien envie d'élever de mauvaises chicanes relativement au poids de quelques-uns, mais l'air sévère du curé lui en imposa au point qu'il ne dit pas un mot, et qu'il se contenta de le maudire intérieurement.

En sortant de chez le sergent qui le reconduisit poliment jusqu'à sa porte, il réfléchit un moment; c'était

du sort de Guillot qu'il s'occupait. Il
se dirigea donc vers le château et traversa le village dans toute sa lon-
gueur; mais M. Manuel s'arrêta tout-
à-coup à l'aspect d'une grande ferme,
que nous avons eu la précaution de
décrire dans un des chapitres précé-
dents, et il parut avoir changé d'avis,
car il se détermina aussitôt à y entrer.

— Jacques Bernard, se dit tout bas
le bon curé, a une grande exploitation, et j'espère qu'à ma recomman-
dation il prendra Guillot chez lui. Ce
n'est pas, il est vrai, celui de mes
paroissiens qui est le plus exact aux
offices ; je crois même qu'il fait l'esprit fort, et qu'il va trop souvent aussi
à l'enseigne de *Saint-Laurent;* et comment ose-t-on mettre à la porte d'un
cabaret une image aussi respectable ?
mais je sais que Bernard est honnête
homme et qu'il fait du bien dans le
pays. Je ne suis pas juge de sa con-

science, et d'ailleurs les voies de Dieu
sont impénétrables.

En achevant ces mots, le curé entra dans une grande salle, où Jacques Bernard et sa ménagère dînaient
avec leurs moissonneurs. Le fermier
alla au-devant du pasteur et le salua
avec respect; suivant son usage, il fit
placer devant lui un couvert et un
verre qu'il remplit jusqu'au bord, et
quand M. Manuel l'eût remercié, en
déclarant que l'heure de son repas
était passée, il lui demanda ce qui
lui procurait l'honneur de le voir.
M. Manuel ne s'était pas trompé sur
le caractère généreux qu'il avait sup-
posé à son paroissien; Bernard lui
promit que Guillot serait reçu dans
sa maison, et que s'il menait une
bonne conduite, il n'aurait point à
se plaindre de ses gages. Cette affaire
réglée, le pasteur pensa qu'il était
de son devoir d'adresser au fermier

une allocution d'un autre genre, et
dont le but était de lui rappeler
que nous avions à songer à d'autres
biens qu'à ceux de la terre, et qu'un
père de famille riche et estimé, comme
l'était Bernard, ne devait pas donner
un mauvais exemple à ses concitoyens,
en fréquentant plus souvent le cabaret que l'église paroissiale. Mais, sur
ce point, Bernard ne fut pas aussi do-
cile que l'aurait désiré M. Manuel. Il
répondit sans aigreur, mais avec fermeté, qu'il était aussi bon chrétien
que qui que ce fût au monde, mais
qu'obligé de diriger les travaux d'une
ferme considérable, il n'avait point
le temps de s'occuper des affaires de
l'autre vie, attendu que celles d'ici-
bas ne lui causaient que trop d'embarras et d'ennuis. Il ajouta que sa femme, qu'il aimait de tout son cœur,
allait régulièrement prier pour lui, et
que relativement au cabaret on n'avait

rien à lui dire, attendu qu'il n'y allait
jamais que pour traiter d'affaires avec
les bouchers et les marchands de
grains, suivant l'usage immémorial
du pays et de tous les Bernard qui
l'avaient précédé. Cependant, après
plusieurs attaques qui le trouvèrent
sur la défensive, il finit par promettre au curé qu'il irait certainement
au prône le plus prochain, à moins
toutefois que le diable ne s'en mêlât,
en lui suscitant des affaires importantes, comme cela pouvait bien arriver.

Il y avait à Crossey beaucoup d'habitants aussi riches, mais plus pieux
que Bernard; ce fut cependant chez
lui que se réfugia M. Manuel, quand
la révolution, brisant entièrement le
frein respectable des anciennes mœurs,
chassa les prêtres du sanctuaire. Le
curé, malgré les dangers que sa déter-
mination comportait, ne voulut point
se séparer de son troupeau, et ce fut

en pleurant, mais avec la conviction
que son sacrifice était agréable à Dieu,
qu'il dit un dernier adieu au comte
de Crossey et à sa digne épouse, qui,
après avoir surmonté beaucoup de dangers, purent entrer sur un territoire
étranger. M. de Crossey eut, quelques
années après, l'imprudence de se montrer dans un département nouvellement conquis, au moment où le di-
rectoire remit en vigueur les décrets
contre les émigrés. Il fut pris et passé
par les armes. Son dernier vœu fut
pour la France, et son dernier soupir
s'exhala dans une prière qu'il adressa
au Ciel en faveur de sa noble et malheureuse épouse, qui était alors enceinte d'Edouard. Ce fut aussi à cette
époque que le fils aîné de Matthieu *la
main leste*, et Guillot, égaux alors en
courage et en patriotisme, partirent
à l'ombre du drapeau tricolore et en
chantant : *Allons, enfans de la Patrie!*

Cette dernière partie du récit de Geneviève fut rapide et diffuse; quand ces tristes souvenirs affligeaient sa mémoire, elle s'abandonnait malgré elle à une vive douleur. Trente longues années n'avaient pu cicatriser les plaies de son cœur, ni affaiblir le sentiment de son respect et de son amour pour ses anciens maîtres. Elle pleurait alors, et se reprochait comme une preuve d'ingratitude et d'insensibilité d'avoir encore vécu après ces jours de désespoir et de deuil. Cécile, qui n'entendait pas ces détails douloureux pour la première fois, mêlait cependant ses larmes à celles de la fidèle Geneviève; car elle n'essayait pas de lui dire ces vaines paroles de consolations que, dans sa profonde et sincère affliction, la vieille femme n'aurait pu comprendre.

Les premières ombres du soir commençaient à couvrir la combe de Cros-

sey, et l'on apercevait de loin les lu-
mières qui brillaient au travers des
croisées du château. Les mugisse-
ments des bœufs et le bruit des sonnet-
tes attachées au cou des brebis, mêlé
à quelques refrains rustiques, annonçaient la fin des pénibles travaux de
la journée et le retour des champs.
Cécile se disposait à reprendre le
chemin de la ferme; et déjà, après
avoir soigneusement fait disparaître
les plis de son schall, elle allait embrasser Geneviève et lui dire adieu, quand
on frappa à la porte de la cabane. Le
cœur de Cécile palpita d'espérance et
de joie; elle courut aussitôt lever le
loquet de bois, mais à la place de la
personne qu'elle s'attendait à voir, ce
fut une dame d'un extérieur respectable et d'une mise riche sans être
élégante ni recherchée, qui entra dans
la chaumière et demanda si elle pouvait parler à Geneviève Besson.

— Donnez-vous la peine d'entrer, dit Cécile, au comble de l'étonnement en reconnaissant dans cette personne la mère de mademoiselle Athénaïs. Le soupçon qui avait pour ainsi dire effleuré son cœur quand son père avait fait mention de ces dames en parlant d'Édouard, la frappa de nouveau d'une vive inquiétude. Cependant, malgré le vif désir qu'elle aurait eu de connaître le sujet d'une aussi étrange visite, elle sentit que les convenances exigeaient au moins qu'elle manifestât l'intention de se retirer, et elle dit adieu à Geneviève d'une voix qui trahissait son émotion, après avoir offert un siége à la dame.

— Ce n'est point ma présence, je l'espère, dit la comtesse, qui vous prive de la société de cette jeune personne, ma bonne mère ; je voudrais que tous les habitants de ce village pussent entendre ce que je vais vous dire.

— Oui, ma jolie Cécile, reprit Geneviève, restez, je vous en prie; et tenez, si ce n'est pas abuser de toutes
les complaisances que vous avez souvent pour moi, veuillez allumer ma
lampe. Vous me pardonnerez, madame, de n'être pas plus empressée
pour vous recevoir, quoique je ne sache pas encore à qui j'ai l'honneur de
parler; mais, à mon âge, sainte Vierge!
ce serait une chose bien triste, madame, si l'on n'excusait pas la lenteur
et les infirmités.

— Au nom de Dieu, ne vous gênez
point pour moi, répondit la comtesse.

Dans ce moment, Cécile alluma
une petite lampe en cuivre que, suivant l'habitude, elle suspendit à la
cheminée; à sa clarté pâle et vacil-
lante, les trois personnes qui étaient
assises autour du foyer de la cabane
s'examinèrent mutuellement avec autant d'intérêt que de curiosité, et for-

mèrent un groupe digne d'être re-
tracé sur la toile par le pinceau énergique et vrai de Rembrandt. Geneviève, placée sur un siége plus commode que les autres, avait redressé sa
grande taille et relevé sa tête, dont les
rides et de longues souffrances morales
n'avaient point affaibli l'expression sévère au travers de laquelle on démêlait
cependant les traces d'une ancienne
beauté. Ses yeux vifs encore et brillants d'intelligence se fixaient avec
une surprise mêlée d'intérêt sur la
comtesse, dont les traits réguliers et
bien conservés exprimaient la douceur et la bonté. L'embonpoint qu'elle
avait acquis, loin de gêner ses mouvements, donnait au contraire à sa
taille, qui avait été mince et élancée,
une sorte de grâce et de dignité. Elle
éprouva d'abord un embarras mani-
feste en jetant tour à tour des regards
sur Geneviève et sur Cécile, mais on

voyait en elle l'aisance que donne l'habitude du grand monde, et c'était moins la crainte d'éprouver quelque contrariété personnelle que celle de gêner la personne à laquelle elle rendait visite qui paraissait l'agiter. La jolie figure de Cécile, dont la lueur blanche de la lampe faisait ressortir davantage la pâleur légère et subite, était peut-être la plus remarquable de ce groupe, dont les personnages étaient occupés de pensées si différentes.

— Vous ne me reconnaissez pas, Geneviève, je le vois bien, dit la comtesse avec douceur après un moment de silence et d'hésitation ; il y a en effet long-temps que nous ne nous sommes vues ; je suis cependant une fille de ce pays, un enfant du village, et je suis certaine que si vous ne vous rappelez pas avec autant de plaisir que je le voudrais, l'épouse du général Matthieu Des-Marais, vous n'avez point oublié Catherine Ledoux.

— Est-il possible, s'écria la vieille femme dont tous les muscles du visage se contractèrent, est-il bien possible que vous soyez Catherine Ledoux ?

— Oui, ma bonne Geneviève, reprit la comtesse, et la personne que vous nommez ainsi serait trop heureuse que vous voulussiez accepter quelque preuve de son souvenir et de son amitié. Cette maison, Geneviève, n'est ni assez grande ni assez commode. On pourra la rendre plus habitable et vous dispenser de toute espèce de travail. Dieu m'a placée, ma bonne Geneviève, dans un rang pour lequel je n'étais pas née, mais croyez bien que mon cœur n'est pas changé, et si j'étais *seule* maîtresse au château, il y a bien des choses qui iraient autrement.

— Sûrement, Catherine... je voulais dire madame... la comtesse, et cela me semble bien extraordinaire,

mais enfin c'est le titre que vous portez maintenant, à ce que j'ai appris.

— Ne vous inquiétez pas de mon titre, Geneviève, dit la comtesse en
l'interrompant avec douceur.

— Sûrement, continua la vieille
femme, Dieu vous a bénie, et je n'ai
pas le droit de murmurer contre sa volonté; je vous remercie, oui, je vous
remercie, de tout mon cœur, mais
cette maison est assez grande pour
moi et assez commode pour une pauvre femme, qui s'est habituée à
toutes les privations de la vie et dont
les yeux ont tant pleuré, tant pleuré
depuis qu'elle a perdu ses maîtres
bien-aimés! et quant au travail, Catherine, car, pardonnez-moi si je
ne puis vous appeler autrement, il
m'en coûterait trop pour donner à
une fille du pays le nom de mon excellente maîtresse; quant au travail,
madame Catherine, il y a dans le

village plus d'une main généreuse qui
m'en épargne beaucoup.

— Quoi qu'il en soit, Geneviève,
reprit la comtesse, je ne veux pas,
dans ce moment où nous n'avons pas
encore assez bien renouvelé connaissance, vous forcer à me traiter en
ancienne amie et à recevoir ce que
je vous offre; mais vous vous souvien-
drez qu'il y a quelqu'un au château
qui se fera un véritable plaisir de soulager votre vieillesse.

— Au château! murmura Geneviève, au château!... Pourquoi ve-
nez-vous me rappeler que celui qui
devrait seul parler ainsi, que le légi-
time maître de Crossey ne possède sur la terre que l'affection des
vieux serviteurs de son noble père?
Oh! que Dieu pardonne à ceux qui
retiennent injustement l'héritage de
l'orphelin.

— Permettez-moi de vous dire,

Geneviève, que ce reproche, dont je suis vivement affligée, est aussi cruel que peu mérité. Vous savez comment mon mari, comment le général fit l'acquisition de cette terre. On méconnaît son cœur, Geneviève ; ses compatriotes ne savent pas combien il a mérité sa prospérité. Quand il revint de l'armée d'Italie, où sa bravoure l'avait fait distinguer, il voulut visiter sa terre natale, avec quelque orgueil sans doute, car il avait acquis des droits à l'estime de tout le monde. Il trouva son père mort, et ses frères établis et dispersés dans les environs ; mais il n'avait point oublié quelqu'un dont l'amour avait récompensé le sien au sortir de l'enfance. Il m'épousa, Geneviève, et depuis ce temps, la fortune a continué à lui sourire ; il a successivement été élevé par son mérite au grade de général et au rang de comte : il apprit alors que cette

terre avait été adjugée, lors de la révolution, à une compagnie de spécu-
lateurs qui voulaient faire abattre le
château pour en vendre les maté-
riaux; il fit d'énormes sacrifices et
acquit cette propriété. Sa conduite est
donc irréprochable, car, écoutez bien,
Geneviève, si la révolution a causé des
infortunes qu'on doit plaindre et respecter, elle a aussi donné naissance
à une illustration qui n'est pas moins
respectable; mais ceci m'amène à vous
parler d'une chose qui, en partie, m'a
décidée à venir vous visiter ce soir. Le
jeune homme qu'on appelle, je crois,
M. Edouard, est-il bien réellement le
fils de l'ancien seigneur?

— Oui, madame, s'écria Geneviève avec véhémence, tandis que Cécile devenait plus attentive; oui c'est
le fils de mon noble maître, et que
Dieu le bénisse!

— Je ne suis point étonnée et en-

core bien moins offensée de vous voir
aussi tendrement attachée à lui ; cela
fait l'éloge de votre cœur, Geneviève,
mais j'espère que ces sentiments vous
porteront à ne point rejeter les offres que je viens vous faire en sa faveur. Mon mari a à Paris des amis
puissants qui s'empresseront, à ma
sollicitation, de se charger de son
avancement. Je vous parle avec mon
cœur, Geneviève ; à Dieu ne plaise
que j'aie l'intention d'humilier un
jeune homme qui paraît si digne d'estime et de respect : ce matin il a eu
avec une personne qui m'est bien
chère, mais qui, malheureusement,
ne partage pas toujours ma manière de
voir, une entrevue qui a dû lui être pénible. Nous ne le connaissions pas, et
j'espère qu'il voudra bien oublier cette
circonstance fâcheuse pour nous tous.
— S'il m'est permis de parler, dit
Cécile, je crois pouvoir vous assurer

d'avance que M. Edouard n'acceptera pas vos offres, avec quelque délicatesse qu'elles lui soient présentées.

— Tant pis, reprit la comtesse, le bien est plus difficile à faire qu'on ne pense; cependant, Geneviève, voulez-vous me promettre que vous lui rapporterez notre conversation à son sujet?

— La jeune fille a dit vrai, répondit Geneviève en baissant la tête avec douleur, mais il saura combien vous êtes bonne, soyez-en bien sûre.

— Quelle est cette jolie fille, reprit la comtesse en souriant à Cécile, qui paraît si bien connaître les intentions de M. Edouard?

— Je m'appelle Cécile Bernard, répliqua-t-elle avec candeur; je vois souvent M. Edouard; nous avons, pour ainsi dire, été élevés ensemble dans la maison de mon père, et voilà pourquoi, madame, je me suis permis l'observation dont vous parlez.

— Je vous en remercie, mon enfant... Ah! vous êtes la fille de Jacques Bernard? c'est un homme honorable et que j'ai bien connu autrefois; je suis fâchée de ne pouvoir le prier de vous amener quelquefois au château. J'ai une fille à peu près de votre âge, mais elle a été élevée à Paris et dans des idées que je voudrais bien qu'elle n'eût pas; je craindrais que vos goûts ne pussent sympathiser.

La comtesse fit entendre un profond soupir en achevant ces mots. Un des jeunes fils de Bernard entra alors brusquement dans la maison, et vint chercher sa sœur qu'on attendait depuis long-temps à la ferme. La comtesse s'éloigna en même temps, après avoir promis à Geneviève de venir la revoir, et elle retourna au château en s'appuyant sur le bras d'un domestique qui l'avait accompagnée jusqu'à la porte de la chaumière.

FIN DU TOME PREMIER.

ŒUVRES

DE

A. BARGINET,

DE GRENOBLE.

LES MONTAGNARDES, tradition dauphinoise, 4 vol. in-12.   12 f.

LA COTTE ROUGE, histoire dauphinoise du 17ᵉ siècle, 4 vol. in-12.   12 f.

LE ROI DES MONTAGNES, ou les COMPAGNONS DU CHÊNE, tradition dauphinoise du temps de Charles VIII, 5 vol. in-12.   15 f.

LES DEUX SEIGNEURS DU VILLAGE, histoire de ce temps, 4 vol. in-12.   12 f.

Sous presse.

LE GRENADIER DE L'ILE D'ELBE, épisode des cent jours, 2 vol. in-8.

LES AYNARDS ET LES ALLEMANS, légende historique des montagnes et de la vallée de Graisivaudan sous le règne du dauphin Humbert II, 4 vol. in-12.

www.ingramcontent.com/pod-product-compliance
Lightning Source LLC
Chambersburg PA
CBHW061431030726
47503CB00005B/1372

* 9 7 8 2 0 1 3 5 2 3 6 7 7 *